喫心地

劉書甫

推薦序

白鐵桌與毛玻璃

◎鄭順聰（作家）

若我是一個外國人，來台灣學華語到一定程度，想要讀讀散文以提升閱讀能力，增廣對台灣的認識。

我這位外國人，會發現新天地。

台灣的Prose不僅是種文類，還相當強勢，相對於歐美文壇以小說、詩、劇本爲主流，台灣散文的出版量與含金量都相當高，甚至是大衆閱讀的主文類。

這位外國人會持續訝異其豐富多元之主題：文人抒懷、親友故舊、都會現象、親子教育、環保生態、地誌走踏等等，令他大開眼界。然後，眼珠子因「飲食散文」掉了下來。

全世界都知道台灣人愛吃，隨時隨地想著吃，這一餐還沒吃飽就要煩惱下一餐，不是沒東西吃，是太多美食造成的「選擇困難症」。這同時也是讀飲食散文之困擾，名家太多，作品太豐，早期有梁實秋、唐魯孫、逯耀東，轉檯來到二十一世紀更是擺開盛宴：李昂、舒國治、蔡珠兒、劉克襄、韓良露、朱振藩、焦桐等等，有人戲稱文人把筆放下，都跑去吃了。

在飲食書寫方興未艾的黃金年代，我大啖一道又一道的散文佳饌，順著順著《細味臺中》就被結帳了，擱至我家客廳沙發上，展頁讀之。這位作者叫劉書甫，台中出生，家世與閱歷頗厚，是文化城養大的雅致舌頭，行文帶股文人氣，才研究生而已，年少出書，可說是散文界的明日之星。

我還沒去找他，書甫就找上我，出書後人沒去教書更沒待在學院，跑到高雄左營，成爲餐廳的管理者（驚）。

那時我甫出版《基隆的氣味》，找我演講很合理，竟加碼要開發新料理。書甫思慮全面、規劃用心，特邀創意廚師一同探究基隆的食材與特質，研發饒富地方色彩的菜肴。此外，還請我親身帶著團隊，走踏雨都的市街與階梯，邊吃邊賞邊討論，擬定基隆款菜單。成果發表會乃廣邀食客到場，我負責講解基隆的歷史與風候，主廚揭開菜餚烹製的奧祕，完成一場暢快過癮的盛宴。

深深記得演講空檔，那道讓我塡胃的生菜沙拉（超好吃）；更不忘書甫騎摩托車載我去吃的那家乾麵，位於眷味之城果貿新村裡處。活動忙碌的空隙，書甫吐露感情的困境，人生疑惑與苦楚，坦誠《細味臺中》出版後，深感實務經驗不足，對飲食了解薄弱，遂從台大研究生毅然轉入餐廳現場，沒日沒夜學習忙碌之。

「我不入庖廚，誰入庖廚？」這位外表瘦弱、內在結實的秀氣大男生，眞有魄力。之後邀他去蚵仔寮與海口鄉親把酒言歡，在場的大哥都「舒服舒服」地叫。那次酒醉後，書甫就消失於我這位文學里長伯的轄區，不知跑哪裡去了。

這次，我還沒去找書甫，他就又找上我——少俠從左營修煉出關，結婚生子，回台中熬一鍋文學的眞滋味，請我爲新書寫推薦序。

我肅然理起衣領，細品文章，感受到老派與紳派，不過於漫漶，白描多於比喻，冷凝多過油炸，充分熟成，就像台中城的老台中人，有一種自恃的潔淨與優雅。

這是間重視品質的小吃店，瓷碗素白耐磕碰，展開一張張方直白鐵桌，在擦拭得無比銀亮的鏡面，端上一道道簡淨文字。

無浮誇驚歎，不擺弄見識，更沒有半瓶水批評，書甫深明方寸之拿捏，事物的核心，點到為止，厚積而薄發，節制，平衡。

不只刺激味覺與嗅覺，《喫心地》更重空間鋪排，氛圍暈染，拉出對應關係，談台灣飲食那雜燴中的強味，紊亂中的秩序。

且留存著木櫺窗框格間毛玻璃，透過一層內心的濾光，讓窗外的風候影影綽綽。或以毛玻璃做背景，看浮世萬象走動吆喝，長鏡頭拉出，定格記憶裡的鄉愁，幽幽淡淡將時間拉出鏡頭之外。

台灣傳統的毛玻璃圖案甚多：素面、方格、瀑布、長虹、銀波、銀霞、海棠花……舒服的書甫是哪款圖案呢？

十字星，兩條直線俐落交錯，布局疏朗，聚焦精確，是尋常日子的一方星空。

台中孕育，台北蝸居，高雄修煉，再回到台中與妻兒偕同。微慍的焦心，透澈的見識，筆韻溫良敦厚，風格平實安靜，宜與楊双子《開動了！老台中》參讀，宜於臥讀，更宜於中北南徵逐，宜以外國人般的舌尖，領略散文家的眞情痴心。

推薦序

值得以心相待

◎陳靜宜（飲食作家）

你有一邊喝咖啡或茶，一邊閱讀的習慣嗎？

我有。開始閱讀《喫心地》時，我磨好豆子、燒一壺熱水，手沖了一杯水洗淺焙的衣索比亞耶加雪菲。安穩坐下後，讀至第二、三篇時，發現不對味，我知道必須去台北西門町的蜂大咖啡買包曼巴、幾片桃酥，到手後鬆了一口氣，這才能虛實呼應，從容閱讀。

這是因為書甫字裡行間的語氣，總有梁實秋的味兒、舒老的調兒，而書寫的素材又是在當代——便利商店的過渡式座位、妻子愛吃的生乳捲。我忍不住一再確認他的年歲，是才三十多歲的男人啊！卻愛甜酥餅、鑽泡沫紅茶店、習慣用「民國」計年。

台灣文人的飲食書寫盛行已久，早有唐魯孫遙想家鄉味、舒國治的窮中談吃、焦桐透過食物描述對愛妻的追憶、簡媜透過好菜寫好友的故事等。

然而有世代差異，書甫屬於本土中生代寫作者，出生於一九八六年，正值台灣經濟起飛之際，人民年平均所得達到一萬美元，他的成長背景是相對安穩的生活環境，人們尚未被排山倒海而來的聲光與資訊所淹沒，台灣餐飲業自簡往繁走，他好像站到了一個空檔的位置，爲我們補上了這個時間點裡的飲食風景。

除了時間軸線，他台中出生、台北求學、高雄就職的經歷，也使飲食版圖橫跨台灣北中南，而且是長達數年的停留，增加書寫素材的廣度與深度。

像他在〈早餐的派頭〉一文提到，「店家爲了避免傻理傻氣的台中人用過多的辣醬抹殺自己費心製作的包子，乾脆把細嘴瓶的瓶嘴剪短、剪粗」。

全台灣都知道台中人少不了東泉辣椒醬，而且會把醬料瓶的尖嘴插進湯包，像打針般地幫湯包灌醬，店家心裡不許卻說不出口，只好把瓶嘴剪短，這樣就不能內服只能外加，這瓶嘴口是店家的自尊與自信，不想與市場妥協的態度，蜻蜓點水的觀光客可能只知其一，若非如他這般有心的在地熟客，是難以留意到其二的這個細節。

多數食客偏重於餐桌上的食物，致使烹調者不斷推出新菜或是標新立異、譁衆取寵的食物。智慧型手機出現後，更成爲餐飲的良伴與殺手。人們對飲食的關注，往往只聚焦在食物本身，還特別是外觀上。等餐時滑手機，無暇觀察周遭；食物一上桌就「手機先食」，放棄品嘗的最佳溫度；有些人一邊看手機一邊進食，完全食不知味，必須承認，我有時也是其中一員。餐畢，拍拍屁股走人，最終只留下「好不好吃」的單薄印象與「划不划算」的刻板評價。

書甫的書寫多非食物本身，更多是圍繞在飲食周邊的細節，寫的是況味而非美味，尤其在上菜前與後或是共餐對象的描寫。例如他愛挑戶外座位看市景，愛坐吧台展開不互視的雙人對話。

座位選擇，多是進到餐館店家三秒內的決定，而他的心思將我們帶離餐桌，看見天寬地闊的其他。這些其他，正是身處孤獨的年代裡，滋潤靈魂很重要的東西。

他的書寫風格舒緩、恬淡，用字斟酌謹愼。敍述的過程，像把包裹禮物的包裝紙，不是用剪刀劃開口子那麼迅速銳利，而是從黏貼處循包裝痕跡展開，讓故事核心逐漸裸現。文字間穿插一些引述，輕輕拂過而不掉書袋、不賣弄論述，文章長短適中、保有節奏感，引人繼續往下讀。

我虛長他十多歲，不過雙方的成長年代還是有部分相疊，總能升起共鳴，勾起我陳年的回憶，一邊讀一邊有「對！我也是這樣」的心情，拍一拍塵再取出回味，相信你也會同我一樣，從字裡行間中找到歸屬感。

至於恬淡的部分，〈早餐的派頭〉一文中提到，女友領著他嘗到了美味湯包，「咬一口湯包，甚好。心裡斷定，這個女孩可以深交」。在這個功利現實的時代裡，找對象不看條件，而是可以一起舒舒服服吃湯包的人，讓我看見傳統的溫潤與美好。

湯包女孩後來成爲他的妻，他們育有一女，兩人接手家族的螺絲事業，白天上班、晚上照顧小孩，共同分攤家務，如同身旁周遭朋友的剪影，他書寫的飲食素材尋常地貼近你我。

他唯一的私人時間是每天五點起床，在生活夾縫中尋找書寫機會，他說：「飲食書寫是整理自己的方式。」我佩服他的毅力，自他二〇一四年出版《細味臺中》至今相隔八年，本書的點點滴滴，正是他從零碎時間中擠壓出來的精華，值得以心相待。

推薦文

書甫這個名字，第一次聽到是讀書時的男友口中。

他說他有個中學的好朋友，才華洋溢，早早被咖啡店找去駐館寫作。出身音樂世家，溫文儒雅。我總想，我似乎也喜歡寫字，什麼時候才能夠像他一樣？後來我們認識了，也聽他說過在高雄南方打拚事業，形容自己像宇宙裡拓荒星球，詩意、勇敢、寂寥，或許莽撞、可愛。三十歲之前幾年時光是該這麼做。

多年後，書甫依然這麼知書達禮，有教養，他回到台中，成爲丈夫與溫暖的父親；他講吃依然溫厚不火，加入他眷戀的小家庭。得體的人身距離下，始終目光淸楚。這是三十輩男子的喫心地。恭喜他。

——毛奇（飲食作家）

讀完後，那意猶未盡感始終縈繞，腦袋馬上浮出的竟是，這作品根本就是「書甫的美食多重宇宙」了啊！

每篇文章的主題設定都奇巧無比，龐大的資訊量，跳年代，跨族群，通陸海，記憶飛天遁地，將細藏於食物之中那邂逅的絲絲情意，與如今靠紮實走訪累積出的吃喝歲月，都在書裡被無縫接軌串接了起來。

宇宙在主題間跳接，但跳得卻像超慢動作攝影，以至攤頭餐館裡的各色滋味，與滋味以外的微觀細察，都被吸進了書裡變成大大小小的星球。老派的自轉速度，文字得以一段一段隆重出場，也像醇酒，必須先溫馨提醒，想進入這獨一無二的美食宇宙者請千萬小心，因爲可能讀著喝著，腦子裡開始太空漫步，還得苦惱最後要怎麼抓住那香氣好好降落。

——郭銘哲（飲食作家）

在書甫的筆下，食物不僅是口腹之欲，而是被磚造出「時間感」的，每個悠悠閑散、安靜執著的選擇，全是識食的品味與老練。

選人亦如是，女孩帶他去吃食，他「咬下一口湯包，甚好」，便決定此人可以深交。從飲食而來，擴及到人生的各種場景，就像從電影裡走出來的老派大俠，替我們拂去塵埃，挖掘因時間而變得臻美的事物，賦予生活的浪漫與情懷。

——馮忠恬（米通信共同創辦人暨總編輯、飲食文化工作者）

我喜歡書甫的文字，就像是伴著和煦的陽光與徐徐的微風，微笑地漫步在台灣的大街小巷中，可以看得到，可以聽得到，可以聞得到，也彷彿可以觸碰得到。

那些我們回憶裡再熟悉不過的場景，在書甫筆觸的刻畫下，除了看著他的故事，更不禁讓我也用自己的故事，重新咀嚼了相同的感受，這可以是一本老派文青的心情札記，可以是有感情與脈絡的旅遊書，也可以當作是用來尋找巷弄美食地圖的寶典。總之，這是一本同時有知識與溫度，讀起來卻一點都不陌生的難得作品。

還有，當你只要拿起這本書看，肚子就會開始覺得餓了！

——魏廣皓（爵士小號演奏家／國立東華大學音樂系副教授暨藝術中心主任）

自序

老派的誕生

一個人的氣質與風格，是因著他內在的器識與涵養，連同他外在的打理裝扮所散發出來的。同樣地，一座城市的生活感，是透過有形的空間場域與在其中活動的人群，所呈顯出的那份無形氛圍和情態。它就在那裡，預備著被人理解與詮釋。

我喜歡的飲食書寫，正是透過文字，去表達在台灣都市飲食生活文化的場景與氛圍裡，一個人如何去感受、去意欲、去選擇、去記憶。藉由場所，藉由特定的食物，詮釋生活世界裡的人情、物事，以及在飲食空間裡發生的種種行爲。那是一位作者透過他的身、口、意，嘗試去活出一個歡愉、優質、自在而有情的世界，有一點文化意識，有一點歷史感，有一點幽默，有一點老派。

我一直在思考怎麼表達我心中的老派。老派不是突然決定來穿上紳士的派頭，找了一堆老物件來用，去一次人家說都是一堆老人的那種咖啡館看看。老派不是復古，老派不是跟風追求的某一種流行，不是時尚雜誌的某一期企劃。

眞的不是嗎？也許也是。但，是特別動用心思刻意營造出的表現，或是原原本本毫無違和的自在安然，這之間的不同，不會叫人分辨不出來。這便是內在氣質的特性，抽象卻實在。

老派的另一種說法是「老靈魂」。說某人心裡住了個老靈魂，是形容他顯出一種舊式的格調，擁有不直屬他年紀的偏好或性情。老靈魂如何不成爲老古板，在於質感、器識、選擇品味和生活態度。質感和品味是表象的風格，器識學養和態度是老靈魂眞正讓人欣賞的內在氣質。

所以，老派首先是性情，才透過外在的表現被人辨識出這份性情。

老派的人太清楚自己的樣子，因此不必專門再去習取某一種風格。他好奇，卻不獵奇；他可以熱愛截然不同的東西，卻不會任意拼貼；他口味多元，尺度開闊，但他最常聽的曲子可能還是那麼兩三首，他去的館子，幾年來可能總那麼一兩間。

老派的人也許懷舊，但不仿古。也許也不是懷舊，畢竟若沒有經歷過舊時代，並不真能言懷「舊」，就是恰巧單單純純地喜愛那樣一種舊式生活情調而那樣子地活著。

一個人被說老派，你一看他，通常是稍微年輕一點的人，不會太老，也不可能太年輕。太老，譬如六十歲以上，一般不會用老派來形容他的老，你若看出他的質感，會想辦法用另一種方式來形容他，但通常不是「老派」；不可能太年輕，譬如十八、九歲。你看他的神情，聽他的談吐，也許盪漾著潛質，但你確認他的熟成還需要經歷時間的洗鍊。

老派是一種品質，它和一個人的心智或一個地方的文化一樣，它們的核心是時間，卻不和時間成絕對等比。

時間淘選出品質，淘選出那些愈用愈樸實有光的器物，淘選出那些也許已經不再流行，卻維持著它原初的功能而依舊值得被欣賞的選項；時間淘選出那些繁華斑斕日新月異裡，你得以辨認它無可取代的平凡味道，淘選出歷經物換星移人生場景與心態變化後，依舊還在身邊的人。

老派，就是不再時尚，卻維持著令人喜愛的格調。當愈來愈多人談論它，把玩它，它又彷彿是一種時尚了。其實它什麼也沒做，什麼地方也沒去。有人興奮地找到它，如獲珍寶地用像看可愛小動物的眼神向它詢問，它只是笑笑，看世俗興旺，看世事來去。

老派不只是老，而是能在各種「老」裡面，辨識出眞正的洗鍊和熟成，文火慢燉，對酒當歌。在現代都會生活快速、高效率的節奏要求中，老派適時、適度地維持著它緩慢、自信和閒散的心意，刀背藏身，一派優雅，兀自喜歡著經過時間才會變好的人事物。

我原是想寫老派的飲食，竟也充滿了對自己過往的追憶，流連在已經消逝的時光裡，用文字眷戀。筆尖徘徊，質疑自己有沒有能力，透過書寫記憶，凝望自己的喫與喫心，也記錄蘊育我的台灣味道。

周夢蝶有他的孤獨國，我有我的喫心地。書裡的每一篇章，都隱藏了一段消逝或即將消逝的時光，正是從那失去的往事中，誕生了老派。

是爲序。

目次

推薦序・白鐵桌與毛玻璃 ◎鄭順聰——2
推薦序・值得以心相待 ◎陳靜宜——7
推薦文・◎毛奇、郭銘哲、馮忠恬、魏廣晧——12
自　序・老派的誕生——16

輯一　我的大人味

早餐的派頭——24
老是坐麵攤——36
米飯的好吃款——51
吐司情緣——62
我的大人味——75

怎麼醬？——83
像甜酥餅一樣的心腸——89
爐鍋煮食之樂——98
人間好食節——107

輯二　日常啜飲之道

不喝愛情釀的酒——124
一起做工的人以及我與他們喝過的飲料——128
日常啜飲之道——136
老派咖啡館——一座現代城市的居心地——144
咖啡老靈魂——曼巴、藍山及其他——153
後泡沫紅茶店時代——165
飲苦與雅興——173

輯三　都市採獵

老是坐吧台　194
老是坐窗邊　203
永遠的冰果室　209
路邊攤的意趣　218
老公寓，常民食　227
採獵於都市江湖　235
興來每獨往，勝事空自知　244
舊城的漫遊與思考　251
吃肉喝酒的格調　259
後記・飲食偵探與抒情詩人　266

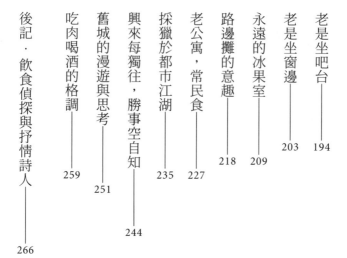

輯一

我的大人味

早餐的派頭

小學三年級的時候，我們一家搬到了位在台中市北屯區水湳的社區大樓裡。這裡是台中市的「後庄仔」，水湳機場曾經就在旁邊，每天都看飛機降落。那時候的敦化路，除了我們鄰近的一兩棟社區大樓之外，方圓內是稻田、田埂、另一側的陳平里，以及陳平里巷內一家沒有名字的傳統早餐店。

早餐店由一對夫妻經營，以自家二層透天的車庫當作小店面，僅賣包子、饅頭、現捏飯糰、現成三明治、拉仔麵、米粉和豬血湯。每天母親開車載我上學，便會先經過這家早餐店，外帶兩個包子和一杯豆漿，給我帶去學校。而我總是迅速地把豆漿喝完，把包子塞進書包內的夾層裡，快樂地走進校園。常常這一塞，就是一個禮拜。我國小是個在外屢獲獎項、走路有風的相聲演員，是學校裡的風雲人物，我忙著上學，沒有時間吃包子。直到母親察覺我的書包總是有異味，驚訝地發現夾層裡的「囤糧」而氣得罵人，我才不得不開始勉強吃早餐。

後來，這間無名早餐店反而成爲我最鍾愛的美意朝食（除了包子）。早晨漫步穿越陳平里巷弄，坐進平德路巷內這間數十年如一日的小小店面，向老闆娘熟悉的面容，點一盤拉仔麵或米粉和一碗豬血湯或油豆腐湯，淋上中部特有的辣椒醬，相當快意。取報泛看，悠哉悠哉。吃罷，不過三十五元，直到我前幾年離開台中南下工作，這間早餐店在我不知道的某一天，永久地拉下鐵門。

仔細回想起來，我小學之所以這麼不喜歡吃包子，是因爲我覺得那間早餐店的小肉包有一股不討喜的肉味，那氣味不能使我有食慾，聞之不禁皺眉。我年幼不懂向上反應，嚴正抗議，偏偏又逮不到四下無人將之扔進教室後垃圾桶的好時機，唏唏嗦嗦地揉捏著包子的塑膠袋，心煩意亂，遂棄之於書包內，不予置評。如此苟且之行徑，我竟打小培養。

再吃包子是國中時期。下了課跟著同學往福利社衝刺，趁餓買了個大肉包當下午茶點心。結了帳，見同夥人拿了辣椒醬的細嘴醬料瓶往包子屁股戳進去狠擠，一時驚愕，從此開啟了我的包子新世界。想想有道理，辣椒醬若擠在包子外面，不免和塑膠袋互相沾黏，吃相狼狽，又容易弄得髒兮兮的。擠進內餡，不但簡潔，又能享受一口咬下，瓊漿漫出的爆漿口感與視覺效果。

「嚄，眞夠味，原來包子要這樣吃！」看著染紅的肉餡，不免憶起國小荼毒我甚久的臭包子，在醬的加持下，是否也能成爲此等美味？而這辣椒醬究竟是增味，還是原來其實是爲了「遮醜」？無論如何，爆漿式醬包子的味覺組合大抵是烙進了我的記憶裡。

懷舊的麵點

我自國小以來不甚愛包子，到現在早晨會興起找包子來吃，這轉變的發生應是源自台中信義街的無名湯包。信義街口騎樓湯包，大家又叫它苟不理。妻說她從前住過它斜對面的大樓套房，每日早晨窗邊看它人聲鼎沸，走下樓去吃它也最是悠哉快意。交往後她帶我去，我立刻被那一個湯包、一疊蔥花蛋，自助取杯裝豆漿或混和豆漿紅茶，於食客間見縫入坐，自己在盤裡淋點蒜蓉醬油、擠些辣醬，坐街頭看世風的活潑氣氛吸引。咬一口湯包，甚好。心裡斷定，這個女孩可以深交。

一九四九年後，包子、饅頭、生煎包、燒餅油條、餃子、蔥油餅……，各種麵點隨大批遷台的外省軍民來到島內。中美合作時期，美國為了出口國內生產過剩的糧食，在台灣推行的「麵食推廣運動」，大力推廣吃麵食的好處，並且免費舉辦講習，提供食材與器具，廣泛教授民眾製作這些中式點心與西點麵包，原集中於眷村的麵點麵食，益發普及。此舉一方面扶植起台灣的麵粉加工業，也大幅改變了台灣人原以米食為主食的飲食習慣，並且讓更多人懂得如何運用陌生的麵粉製作各式點心。

湯包，總言「天津狗不理」。小時候聽聞歇後語「肉包子打狗，有去無回」。不明就裡，於是會想，所以這包子，狗狗到底吃不吃？

天津的「狗不理」包子，原是咸豐年間一間「德聚號」包子鋪的暱稱。相傳德聚號乳名

「狗子」的老闆高貴友研發出的湯包口味佳，廣受大家歡迎，店鋪人潮絡繹不絕。這「狗子」忙碌起來一語不發，也沒空搭理人，街坊顧客見狀，乾脆喚他做狗不理包子。「狗不理」後來成爲了天津湯包的知名品牌，幾乎成了天津湯包的代名詞。

後來主售湯包的店家，也常冠以「狗不理」、「苟不理」、「小狗子」之名。將「狗」改做「苟」，大概是認爲「狗」字不雅。鄉民望文生義，自行解讀下，「不苟言笑，沒空搭理人」的「苟不理」，竟也說得通。

湯包以高湯入餡，肉餡成鬆弛的「散餡」，不像一般包子的肉餡結成紮實的一球。堅持手擀、手摺的麵皮，有機器包子、機器饅頭所沒有的理想口感。切不宜用台中人對待普通包子或生煎包的方式，將細嘴瓶戳入包子裡猛擠東泉辣椒醬來對待湯包，否則便嘗不出湯包水餡的鮮腴。店家爲了避免傻理傻氣的台中人用過多的辣醬抹殺自己費心製作的包子，乾脆把細嘴瓶的瓶嘴剪短、剪粗。

其實，製得好的包子不需依賴大量的醬料，白胖的麵皮擁懷著蒸騰的內餡，裡外兼修，自我融貫，最宜與煎得妥貼的蔥花蛋放在同一個盤子裡享用，構圖簡約，風味不俗。如果可以，再配上一個白糖酥餅或一份甜油條和一杯豆漿。鹹甜皆備，豐足美滿，當下肯定：一頓令人滿意的早餐足以開啟正向積極的一天。

平凡簡單卻能製得佳美的麵點，愈來愈難得。於是，若有緣遇上還不錯的包子店，都令我感到驚喜而懂得珍惜，心中有了過好日子的想像。在台北，可至汀州路二段康樂意；在高雄，則入老左營圓弧型的果貿社區找寬來順；住台中，那肯定是東區信義街的苟不理，或北區篤行國小旁的天津湯包。

我也四處尋覓好吃的燒餅油條。一套燒餅油條，配一碗馥郁清甜的熱豆漿，是台北生活時期極佳的早晨回憶。後來我到老左營吃，也在台中東區、北屯去尋吃，然唯一會懷念的，僅台北華山市場二樓阜杭豆漿的厚燒餅。

和我曾求學生活過的台北，以及工作打拚過的左營一樣，台中也曾經眷村密集，密度僅次於首都台北，以空軍和陸軍爲主。這樣一個我未曾參與見識過的台灣，想必曾經四處不乏製得好的包子饅頭和燒餅油條，而後隨著人老、時遷，漸次退場。見得到層層蒸籠、炭火烤爐、大把青蔥和麵粉香的市景生活，如今只留給一些人想念，留給另一些人想像。

湯水熱飯——一個人的海派

早餐我也偏愛湯水熱飯。

我在各個地方若遇見美味的炕肉飯、肉臊飯、鮮魚湯、鹹粥、肉粥、飯桌仔什麼的，都會馬上注意它最早幾點開始營業，馬上想像隔日清晨在這裡吃早餐的自己。部分女性朋友會驚呼：早餐吃這些也太飽、太油膩、太豪華、太什麼什麼的組合，通常最能引起我懷抱一份閒雲野鶴的雅興，早起前往飽食一番。

我第一次走逛台中第五市場尋覓早餐時，一間店也不認識，憑著感覺挑選我想吃的食物。後來選了樂群、自立街口的阿彬爌肉飯，始體悟到，一天的開始，若能先嘗點油葷熱氣，酣暢飽足的食物，可以令腸胃和煦、精神抖擻，有一種熟悉的，感覺踏實、自由的快樂。這是心理作用，而且是迷人的心理作用。但我也會想，說不定也是生理作用，一種具有文化血統上默默傳承下來的生理作用。

回首早期農村社會，晨起上工勞動前吃的，本來就是粥飯。由窮簡走向富裕，由家庭飯桌離開，轉場至街邊外食；由吃不起肉，到有滷肉、炕肉、鮮魚、內臟。整個社會從日出而作，日落而息的規律生活，走向繁忙快速多變的工商社會。時代的腳步愈來愈快，大家趕著上班，沒有時間好好坐下來吃一頓早飯。倒是老派人似乎維持著一種「吃飯才會飽」的傳統體感，在飢腸轆轆的早晨，盼望著熱湯、熱飯，與油脂的鮮腴。

台大念書時期，早上最愛往羅斯福路近中正紀念堂的「金峰魯肉飯」跑，吃油潤黏嘴的美味滷肉飯配又燙又好喝的燉露湯品。在高雄工作期間，每日從市區往舊左營通勤，通常是往果貿社區內覓食。然不必大早進公司的日子，我經常半途停在博愛一路騎樓下的「古早味什菜」，點一碗什菜湯配熱白飯，偶爾再加一份醬煮虱目魚頭。什菜湯頭清甜，高麗菜、豆皮、菜頭、丸仔和軟綿的炕肉都是我愛吃的，帶著湯汁放在白飯上吃，甚好。有了家庭並定居台中北區後，清晨六點以前也會沿著篤行路慢跑至原子街舊果菜市場騎樓下的「李海魯肉飯」吃炕肉飯配米粉筍湯。或者，到東興市場六米街吃豬皮飯，淋上小果汁機打出來的蒜泥水，搭配一碗菜頭湯或綜合湯。

晨起的飯湯熱菜，最宜獨自前往、獨坐街邊，把想吃的都一套點上桌來，以顯示為「一個人的海派」。凡有家庭、妻子丈夫孩子的，最能珍惜這無與倫比的獨處時光。像在犒賞自己，回到安靜裡，回到最初的自由。

清晨的湯水熱飯，也最能讓人心生感恩，培養正向思考。那些半夜就得開始採買、備料的店家，爲的就是要服務凌晨卽要上工或者才剛下班的人。因此你看但凡那些四點、四點半開張的熟食攤，多半位在批發市場周遭，或過去爲深夜遊廓之域，讓天未亮卽醒的勞動者暖暖肚腹，充實精神和體力，免於只是進超商抓卽食品和咖啡裹腹。想到台灣各地有這些人日夜顚倒、犧牲睡眠去做這項貼心的服務，怎能不心懷感恩。

每天叫醒我的若不是夢想，但願是一頓老派的早飯，激勵人生，不當散仙。

中西速食早點

早餐文化隨著時代不斷疊加、覆寫。今日街頭更常見的，應屬西式速食早餐店，且多半爲連鎖加盟品牌。

一九八四年，麥當勞來到台灣，台灣人對美式速食有了更加具體的想像與模仿的對象。「美而美」之名經歷商標之爭後，在「巨林美而美」與「瑞麟美而美」兩大體系的引領下，於民國七〇年代，以一座煎臺、一組油鍋、一條吧台，用漢堡包、吐司、黃瓜絲、乳瑪琳、美乃滋、番茄醬、煎蛋、肉排、培根、小熱狗等材料製作出台式漢堡、三明治。爲求多樣，商品又漸次加入台式蛋餅、包子饅頭、煎餃、鐵板麵，由西又入了中——台味之野趣猶生。麥當勞太昂貴，台灣人遂用自己的方式模仿、變造、容納，建立屬於自己的台式中西早餐店。

由於餐點製作方式有固定ＳＯＰ，食材半成品一概由中央廚房配送，咖啡、奶茶，甚至豆漿、米漿也都是用粉沖泡，經營門檻低，也頗符合國人求快速的外帶需求，因此這種速食早點的經營型態由大體系開啟的加盟熱潮中快速蔓延，重新形塑著台灣人的早餐記憶。它們曾經那麼新穎，卻又一下子就那麼普及而不顯獨特，讓人倏地忘了，從這樣的食物開始餵養城市的早晨開始，這一轉眼，也是二十幾年過去了。

我原先吃不慣這些半熱不冷、以半成品加熱組製而成的食物，覺得不夠溫情、不夠和煦，不夠形成一股暖流疏通你一夜蜷潛的腸胃、脾腎，乃致血液活絡、胸臆開闊，不能使人靈性熠熠，充滿寬容的願望。一個人如果一早睜開眼，就是急著出門上班上學，便有太大的機會，是到速食早餐店去提塑膠袋外帶。

從來也不思連鎖，也不去加盟的，往往是一對夫妻，或三兩家人，當初選擇在鄰里間顧起一間小店，取個「鄉村漢堡」、「麥克早點」之類的名字，便安安靜靜地做下來。這種經營西式早點的個體戶，有空間去選擇、變化自己的醬料或餡料，在制式的食物裡顯出差異。一路經營，如今也做成了一區一地的人情味。每一個進來的客人與店家的點餐對話，一定都有銀貨兩訖以外的更多互動，讓人斷定，這些日子以來，他們透過早餐，彼此熟悉。

「早，今天是你來買啊。回去記得跟你爸媽說，我們下禮拜休息。」

另一個年輕男士走進來喊了「一個鮪魚吐司。」

老闆娘看了看他說：「欸？來幫你爸買早餐啊。」「嗯。」「今天要加蛋嗎？」「呃，他平常有加嗎？」「有時加有時不加。」「加吧。」

一波人潮剛過，老闆走出煎台稍歇，對著一位坐室外的男子說：「Tony你今天喝鮮奶茶喔？啊你爸不是說喝奶茶就好，叫你不要多花錢？」叫Tony的男子笑了，旁邊的客人也都跟著笑。

鹹湯熱飯、湯包蔥蛋、燒餅油條，甚或漢堡可頌都好，充滿溫度與人情味的美味早餐是晨起的盼望。這些社區街廓裡的早餐店、敬業的老店主，由上一代帶領著下一代，日日維持著它的品質，它們半露天的店鋪歡迎所有人進來，貫串世代，雅俗共享；它們令人想要做它的鄰居，願意爲它早起，散步而來，爲自己在一天的工作開始之前，擁有一段彌足珍貴的時光，好好地享用一頓早餐，簡單短暫，卻無比悠閒而使心情開朗。

我走出早餐店，但見市景清朗，世俗興旺，城市正準備上工，而我胸臆鼓脹，有一股「先天下之樂而樂」的快活。

老是坐麵攤

麵食是簡單吃、方便吃的首選。也許這是爲什麼麵攤要比飯擔更普遍存在於街巷。即便在家也是，懶得煮飯，就下個麵吃。嫌燒菜麻煩，下個麵吃。沒時間了，下個麵隨便吃。何也？蓋組合簡單，不必太花腦袋。

麵，既是點心，也能充主食。它易於現煮，組合簡單：湯頭，配上麵條，再蓋上中國人稱「澆頭」的配菜，就完成了。只擱幾片菜葉，淋上肉臊，就是街邊麵攤小肆裡的陽春麵、擔仔麵或意麵，有放丸子、雞卷的，有放肉片、炸豬皮的。也有大麵焿、麵線糊這樣的簡單樸直的農家點心。或者，進外省小館子點麻醬麵、雪菜麵、榨菜肉絲麵。想吃豪華一點也行，點牛肉麵、蹄花麵、排骨麵，或當歸鴨腿麵，搭配肉食，立刻像一份大禮，在特別的日子，當做特別的犒賞。可輕可重，這就是麵的尺度。

大智若愚吃乾麵

研究生時期，不是在圖書館，就是在去圖書館的路上。除了台大總圖之外，爲了查找資料方便，我最常待的就是國家圖書館，常常一待就是一整天。午餐時間出來覓食，很常往前南門市場旁的金峰魯肉飯跑。若想換換口味，就附近散步晃晃，隨意探看。第一次與南門福州乾麵相遇，進去叫了一碗麵和蛋包魚丸湯。當時我尚不識福州乾麵，麵端上來阿姨還問我：「有吃過嗎？知道怎麼吃嗎？」我愣愣地點點頭，心想吃麵還需要教嗎？白淨的細麵條撒了點蔥花，看起來清秀。我低頭把麵拌開，等等，這麵怎麼什麼都沒有？

只有台灣人才稱福州乾麵爲「傻瓜乾麵」，此名稱由來說法衆多，最直覺的，非屬這類麵清白簡單，連半點肉末菜絲皆無，花錢吃麵，豈非傻子？從語音上解釋亦佳，福州乾麵戰後由福州人擺攤販售，本省人光顧時以台語說的「煮一些麵」：「煠偌麵（sa̍h-guā-mī）」音卽近乎「傻瓜麵」。由此可知，回到福州本地並無「傻瓜麵」這樣的稱法。

根據飲食作家陳靜宜在《喔！臺味原來如此》一書中的考察，福州本地有三款乾麵，一是圓身黃麵的拌麵，味道接近麻醬麵，常搭配燉湯；二是乾拌粗米粉，常搭配內臟、海鮮的鮮撈湯；三是拌麵扁肉，是一扁身薄麵，如意麵之麵體的拌麵，常搭配扁食湯。我在台中吃到標榜福州的乾麵，有不少是這種意麵拌麵，應源自戰後爲省府所在的臨市南投之福州人所引進（今被稱之爲南投意麵）的做法。

福州乾麵本來是貧澹年代裡的小生意、節省吃。然今味覺體驗相對世故的人，也許反而會回歸到這種極簡純粹的單純麵，甚而延伸反映在生活裡的方方面面，去喜歡極簡單純，不追求時下流行的新異變化，而顯得老派。如果有人請他發表時勢風行之名物或風格之見解，他亦能以自身之「專業」——卽多年累積下來的見與識——去評去論，褒之疑之，並且通常頗有見地。然他在家吃的，經常就只是一碗乾拌麵。並且，最得享受。

精思細慮設計出的極簡，能從細節顯出它的質感。是以，看似簡單的東西，經常並不簡單，在與之「親密接觸」——繼看之後，聞、摸、嘗——的那一刻，立判高下。

一碗好的福州乾麵，麵體香而有勁，不含糊帶水，碗底的油汁何其重要，在麵拌開時，像被賦予靈魂的標本，自短暫的沉睡中驚醒，香氣與煙氣中，變得鮮活而有生命。諸般細節之掌握，令在台灣慣稱「傻瓜乾麵」的福州乾麵，顯出一副大智若愚。

一碗好的福州乾麵，圓身白麵也像一頁紙質優良的筆記本，任食客自行在其上點畫。醬油、烏醋、白醋、辣油、辣渣，像自己給自己出個測驗，在特定的味覺框架內，表現當下想要的調味，趣味又似吃火鍋時，自助自斟的醬料。但後來我偏好不放太多調味，頂多放些烏醋，欣賞它原本的清秀簡潔。

簡單的麵吃，要有簡單的心思。飢腸轆轆，一邊按捺著微慍的焦心，心想等等非暴點怒吃一番之餓行餓狀，斷不宜走進福州麵館。福州乾麵的簡潔最宜獨食，最好是上午諸事先到一段落，心思留有餘波，散步至麵館。在家工作且諳廚事者，乾脆就自己起鍋煮麵。比起填飽肚子，更像深度工作後五分鐘的靜心那種修行般地簡單吃。一碗乾麵，一碗湯，熱香拂面，鹹酸繞著白麵，清空思緒，安靜吃完。

糊麵兩種

上麵攤吃麵我慣吃乾的，湯的自然也不少不了。糊的呢？

台中有一款特色麵食叫「大麵焿」，老台中人在家吃，出外也吃，早餐吃，下午茶和宵夜也有人吃。它是老台中人的集體記憶，是一項必須自年輕便進入一個人的味覺記憶才有辦法對之鍾情的食物。

「大麵焿」要用閩南語發音，「焿」字與「鹼」字同音，實爲鹼麵的意思。大麵焿之特色便是麵條加入鹼，下鍋水煮，能久煮而不糊，煮後變得又黃又胖，口感滑潤，麵湯濃稠，再拌入韭菜、菜脯和蔥酥提香增味。如今有的店家也選擇加入肉臊或蝦米。上桌後，台中人還要擠上幾許中部麵攤慣常使用的「東泉辣椒醬」或店家自製的辣醬，才夠滋味。

大麵焿，一碗單純質樸的飽實大麵，爲的是吃粗飽；提味增香，用的是韭菜、紅蔥頭這類辛香味，充滿勞動的氣息。這碗一樣幾乎什麼都沒有的簡單麵，最令人受不了的，就是鹼味。

麵條加鹼，一說是那缺乏冷藏設備的時代，麵條防腐、防霉的方法。並且，從前麵條所加的鹼，是採用稻草燃燒後遺下的灰，過濾成鹼水來添加，因此麵條有特有的草木灰氣味。現在的麵條則改放食用鹼粉。由於早先使用的天然「鹼」來自稻草，因此台語的「大麵焿」寫成中文時，「焿」字也會使用「米」字旁的「粳」。

一說是麵條加鹼，能增加麵體內部黏性，鹼麵久煮不爛，滾久不糊化，方便一次煮製大鍋，以供多人。而大麵焿本爲農家大鍋麵，自家粗食求飽，本無保存或販售上的需求，所用之麵乃「生麵」，保存不易，無傳播力，故大麵焿多集中在大肚溪以北、豐原以南、草屯以西、梧棲以東（即四張犂、東大墩、犁頭店、大里杙之台中舊聚落範圍），爲台中地域性極強的食物。

另外，鹼麵久煮不爛，方便一次煮製一大鍋，以供多人這一特點，以大麵焿做爲街頭小吃而言，正如同麵線糊一樣，有其方便販售的道理：事先大鍋煮好，待開店接客時，兩勺入碗，輕鬆出餐，無需再經現場調理。作家楊双子的《開動了！老台中》一書，對此事有一番詳盡的推論。

蒐集身邊我輩在地人的經驗談，發現大麵焿至今還是家庭的食物，是媽媽的料理。他們最懷念的大麵焿滋味，都來自家裡的廚房。黏糊糊的大麵焿必須趁熱吃，媽媽煮好了麵，肯定對著全家大小吆喝。那些平常愛遲到的，叫半天不來的，一會兒都來了。

大麵焿既在老台中人的廚房，也是舊城區一帶的俗民小吃。當我坐在麵攤的鐵桌前，身邊最多的，還是四十歲以上的客人。正如我前面說的，大麵焿必須是始自年輕便進入味蕾的記憶，如此才有辦法對之鍾情。那是一種舊日鄉味，一種習養自從前的「鹼味」與「簡味」，令老台中人不得不懷念。

我身邊許多不夠老的台中人，就有不少人是不接受大麵焿的。追問之下，原來家裡頭並不會煮。這使我愈發深信，大麵焿的味覺傳承更多源自家庭的餐桌，大於街頭。然而，隨著現代家庭愈來愈少在家開伙煮麵，恐怕大麵焿就像這座變化快速的城市，來不及累積自己的歷史，來不及練就一項縱貫世代的味覺記憶。

另一種深入常民的糊麵，是麵線糊。

麵線糊，或稱「麵線羹」，據說原是泉漳一帶的小吃，麵線色白，會與豬內臟一起煮滾，搭配滷味或油條食用。清領時期傳入台灣後，發現白麵線蒸了以後會變紅，韌度減少，但更不易煮爛，這才出現台灣獨有的紅麵線。早期農業社會裡，大鍋熬煮的麵線糊，是女性製作給農耕者的點心，一如大麵焿。

鹿港是手工日曬製麵的大宗產地之一，幾乎是麵線糊的故鄉。其他如雲林北港、金門、澎湖、台中清水、嘉義布袋、台南麻豆、高雄燕巢等地，因氣候條件許可，也有堅持手工日曬麵線的店家。

麵線做爲一項全台小吃，因爲地區的產物不同，而擱不同的料，南部大多放蚵仔，北部則除了蚵仔還放大腸，鹿港多是放裹粉的羹肉，台中市則兼容南北，還有放魷魚嘴的。調味上，大部分的店家只放香菜，由客人自行加入烏醋、蒜泥或自製的辣油，中部則不少店家會擱沙茶。吾妻家族乃鹿港人，每次回鹿港過夜，隔天早餐必定是第一市場龍山蚵麵線糊，並交代肉少一點，店家聞此，肉塊減少外，必定在你面前多添半碗麵線，以示「不占你便宜」。這對事事精打細算的鹿港人而言，是必須的上道之舉。

麵線糊是深植常民的點心，早上空著肚腹晃到市場，坐下吃一碗；下午路經小攤，離晚餐時間尚有一段時間，嘴饞坐下吃一碗。

在台中想假裝不經意地遇見一碗麵線糊，可以上第五市場。小小的樂群街一帶，就有五家以上的麵線糊，家家人潮絡繹，想吃皆須排隊，正好醞釀情緒，準備待會用塑膠湯匙與滑溜的麵線奮戰。

麵線糊多以攤車形式出現，頂多一爿窄小店面，妝點著傳統市場與街頭巷弄，它隨意，隨興、簡單、無傷大雅，想吃就吃，吃完便走，不足掛齒的日常之美。

這樣出餐才快

早上吃麵線糊，是奉陪身爲鹿港人的妻。我身爲台中人，早上若外頭吃麵，必定炒麵配豬血湯。

網路上說炒麵配豬血湯乃台中獨特早餐文化。我想這說的是密度，包含后里、大里等大台中地區，確實有爲數不少的炒麵麵攤。事實上，例如高雄也頗能在市場附近遇上幾攤味道佳美的麵攤，來上一盤炒麵、炒米粉，配上豬血湯或綜合湯。但也許沒有台中人吃得那麼頻，那麼長相左右。

雖然大家在提到這件事時，習慣說「炒麵」，但它並不是現場開火熱鍋炒製而成的麵，而是事先蒸好的黃麵條，放在麵籠裡等著，待客人來時，用手抓取，放進碗中或盤裡。這個用手舒鬆麵體、抓取適當分量的動作，台語發音為「搦」（lak，近似台語數字「六」的音），我們都叫它「拉仔麵」。

明白了大麵焿和麵線糊這種事前大鍋備製，營業時只需盛裝，而能應付人潮，快速出餐的優點，也就能明白拉仔麵走的是完全相同的「策略」。

我青少年時期的早餐外食起點，確實是拉仔麵配豬血湯。第一次體驗到，原來這個世界上，有豬血這樣的食物，真好；也是第一次看到拉仔麵與炒米粉放在同一個鍋盆裡。初次見麵，稍感疑惑。兩麵同鍋，難免相混。偏偏後來我就愛上這相混的口感，喜歡點了麵，混一點點米粉，或點了米粉，混一點點黃麵。若周末起床晚了點，就光明正大地去享用麵盆裡最後一點點只夠湊成一盤的拉仔麵與炒米粉，淋上台中特有的東泉辣椒醬，邊吃邊配湯裡的豬血。

有一回從高雄中正路上的新興郵局辦完事情出來，正好時間近中午，就拐近新興市場裡面覓食。

在南華路和復橫一路的那個小路口，撞見一麵攤，大麵盆裡一邊躺著炒麵，一邊躺著炒米粉。攤車招牌寫著「阿蘭古早味，六十年老店」，老闆娘一副大姐頭的樣子，抓麵撈湯的架勢和大嗓門都有戲，而且看老闆娘調戲這些大叔們的樣子就知道，這些都是老客人了。我一見這攤子，就知道它氣氛對，二話不說就往「吧台」坐下，點了一碗炒麵和一碗豬血湯。

輪到準備我的麵時，老闆娘突然收起她的大嗓門，一句話也沒說，用有一點誇飾的詢問表情看著我，然後右手以抓麵的姿勢在空中繞了兩圈。

我初感疑惑，但不知爲何地旋即領會過來，她的意思是「你的麵要混嗎？」我露出心照不宣的表情，微笑地對著她點點頭。

這已經是約定俗成的吃法了嗎？原來已經有客人會主動要求將炒麵和炒米粉相混了

嗎？而我看起來像是會喜歡這種「鴛鴦麵」的人嗎？

牛肉麵，Noodle standard

麵能輕能重，麵之重者，非紅燒牛肉麵莫屬。

牛肉麵之誕生，曾這條街那條街地風風火火，又經比賽評選好幾屆，各門各派林立，如何儼然台灣國麵之種種，前輩書裡文章已談過太多。曾如數家珍之店家名號，今多半凋零，已成老年代之事。

我吃牛肉麵，只管去熟悉的麵館吃，是一種老派的自我犒賞。回憶研究所時期，日日冷靜對待各式文獻紙頁，鍵盤上敲打論述爲文，大量消耗腦細胞，加以台北印象，有太多日子呈現陰涼之基調，味蕾若突然欲望起厚重之風味食，心裡彷彿有小精靈跟著唱和：今天辛苦了，去吃碗紅燒牛肉麵吧！

而這碗牛肉麵，常常是永康牛肉麵。據前人憶述，民國五十二年，永康牛肉麵原是永康公園旁一個退伍老兵開的熱鬧麵攤，繼任者後來開在金山南路二段巷內店面。巷內的常態是，接近晚餐時段，門口便排起隊伍來，能見日韓、中國的遊客、滿頭白髮的壯年大叔，太太群、老夫妻與中年兒子三人組、大學生、一個人來的老先生或老太太，還有像我這樣的一個男子。永康的川味牛肉麵湯頭鹹辣厚重，輔以渾厚大塊的牛腱，是紅燒牛肉麵的典型。

紅燒牛肉麵，它好就好在口味重，好看就好看在它碗口寬大，深度適當，讓大塊軟腴的牛肉、泛著黃光的麵條和深色油亮的湯體滿版呈現，令食慾張揚沒有留白。承受不起者，大可點清燉的，或上清眞麵館去，斷不可要求它清淡一點，卽便店家貼心，竟眞能做少油少鹽之調整。

這種從健康的角度或過度快樂的立場考量起來，皆宜久久吃一次的過癮麵，當然是一種自我犒賞。

牛肉麵，就像爵士樂裡的Standards（標準曲或經典曲目），那麼多好手表現了他們的版本。音樂廳裡的大樂團，live house裡的五重奏、piano solo，到小酒館裡的jam section， jazz standards對資深樂迷來說是太過熟悉的和聲組合，一旦聽到有意思的詮釋或精巧的樂思，格外令人爲之一震，讚歎欣喜。

牛肉麵也是，從大飯店、老麵館吃到路邊攤，各門各派，各有風格。最好的牛肉麵可能還是在台北，就像最精采豐富的爵士樂得到大都會去聽。歷史學者逯耀東先生說，川味牛肉麵發源自高雄岡山的辣豆瓣與鄰近屠宰場台灣黃牛肉之融合，再一路北傳。我倒覺得不一定，如果那份離鄉背井，那份舒國治先生形容「最清貧窮澹的無油水年月，卻又是最思過屠門大嚼的嘗想偶打牙祭卻心中始終有故國緬懷竟只能寄情於某股香辣」的心情是共通的，那麼各地眷村，或無不可能本來也隱隱然發跡著自己地域特色的牛肉麵。

總之吃牛肉麵，最好在老麵館吃。不用高級的環境與裝潢，一碗麵再加一疊泡菜或小黃瓜，和一屋子陌生人擠在一起淅瀝呼嚕地吃麵。僅僅一碗麵的尺度，卻能盡得酣暢、海派與自我犒賞的歡快。

有一回在永康牛肉麵和一對母女併桌同坐，兩人臉上都帶著終於輪到自己進店入座的期待之情。母親點完麵，又到盆頭小菜前拿了黃瓜拉皮和小魚豆干回來。問女兒要西打還是可樂？女孩看著媽媽聳聳肩（結果媽媽拿了烏龍茶回來）。麵來了，兩人低頭簡單禱告後，母親拿出手機來，和捧著麵的女兒一起對著手機微笑，說：「給把拔看我們在吃肉。」這是分享，也是炫耀，因爲這是日常裡有一點點奢侈的享受，像去髮廊給人家洗頭。但洗頭是個人的獨自享受，牛肉麵則可以「共人哢（kā lâng siànn，賣關子）」。

牛肉麵就是富有一種偶爾想打打牙祭，便興起無限想望的「精神性」，在那貧澹的五〇年代如此，今日已然有太多太豐太過剩之吃喝氾濫情況中，竟也維持如此。

麵館迭代有時，而記憶無窮。小吃傳承亦屬難得，許多歷經歲月的老味道，其實正默默地邁向凋零。至少，麵攤文化在台灣大抵是興旺不滅，能隨處不乏一味美，並且能令人心安的佳簡麵攤，絕對是一城裡莫大的吃趣。

米飯的好吃款

白飯是東方飲食美學展開的基本要素，是稻作文化的用餐根本。飯乃主食，一切菜肴之產生皆爲了配飯；那些味厚香腴的菜肴令人胃口大開，乃因下飯。

我喜歡吃飯。不過，如果被初識之人問到喜歡吃什麼，只回答「我喜歡吃飯」，無甚知味曉味者，聽了恐怕一臉茫然。蓋吃飯，太理所當然，太日常生活，不似天邊彩霞、不在他方，沒有異地情調，沒有奇巧讚歎，以爲只是習於尋常，只是經驗匱乏。

也是因爲白飯太理所當然，經常不在味譜與廚藝的焦點內，一碗好飯，有時竟也離奇地難得。

中國歷史上的老吃貨袁枚說過：「飯乃百味之本。飯之甘，在百味之上。知味者，遇好飯不必用菜。」作家舒國治則言：「米飯，君子也，與萬物皆合，卻又合而不同。」這些說的都是米飯的品格，是對飯的審美意識。

白飯攪鹹的基本美學

「欲攪鹹（kiáu kiâm）無？」「欲！」

從前在南部生活，到燒肉飯擔包便當，阿姨一定會問：「欲攪鹹無？」毫無猶豫，一定要。

攪鹹，就是為白飯淋上一匙滷汁。一碗好白飯吸附鹹味的油脂、滷汁，就是最基本的美味。沒有配菜，也能吃上三碗。

將豬脂肪小火榨出豬油，加入紅蔥頭、醬油與油膏拌炒，並淋在白飯上的豬油拌飯，就是「白飯攪鹹」的基本原型之一。這在已然不那麼貧窮的年代裡，被重新審美，展現魅力。對像我這樣一個愛吃飯的男子來說，不論淋的是豬油、滷汁、肉臊、雞油，還是XO醬……，白飯攪鹹的簡單性中，美學已然成立。

每個人的口味可能大不同，也許有人受不了Punk Rock的喧囂，說連皮帶肉的三層炕肉太肥太油；也許有人對Funk Music的跩樣不屑一顧，認爲雞肉、滷肉雙拼的「雞滷飯」毫無必要；有人就是無法忍受輕輕軟軟的鄉村音樂，對白飯流淌著生蛋黃敬謝不敏……，但應該鮮少有樂手會聲稱「堅決不碰C大調藍調音階」？白飯攪鹹這種自帶美味的基本型態，就像一組十二小節的藍調和弦，想在上面Rock'n Roll，或者來一場爵士即興（improvising）都行。但首先，你得先有一組十二小節藍調。這就是基本。

在白飯攪鹹的基本美學上，滷肉飯、肉臊飯、炕肉飯、嘉義火雞肉飯、高雄燒肉飯，乃至於咖哩飯、丼飯、鰻魚飯……，這些以「白飯放料」之簡單形式構成的米飯料理，成爲我這個飯桶想好好吃飯的首選。舒國治以「只宜單吃的簡單飯」定義，並茲舉滷肉飯、雞肉飯和鰻魚飯爲例，這樣的美學經驗我完全同感，是米飯世界裡的一項特色飲食文化。

簡單飯的內功：燉滷

我在高雄打理出一間飲食主題書店，並提出一系列文化講座餐宴後不久，經濟部找我擔任第一屆台灣滷肉飯節的評審。我一看評審委員的名單，就屬我年紀最輕、資歷最淺，內心不免有些遲疑。但我憑著貪吃的精神，告訴自己雖然飯吃得沒有比別人多，但發掘好飯、推廣好店的熱情絕對沒有比別人少，遂厚著臉皮答應了邀約。

南北往返幾回，眾評委在會議室聽取計畫說明，輪流針對評審標準表示意見，後分派實地考察的縣市範圍。從坊間常見將滷肉飯做「魯肉飯」的誤用談起，再行「名詞解釋」，畢竟走跳北中南，一碗滷肉飯端上來，可能會得到三種不同形態的飯。

北部「滷肉飯（lóo-bah-pn̄g）」，是使用以包含皮、脂、肉的碎丁塊或小條狀肉燉滷而成。在南部，見「滷肉飯」三個字，有可能端上來的是整塊三層肉，即一般所謂的「炕肉飯（khòng-bah-pn̄g）」。而同北部碎末形的飯，傳統上則稱作「肉臊飯（bah-sò-pn̄g）」。早年，只用皮脂，隨著經濟富裕，才開始有瘦肉。台中向來雜匯南北，店家言肉臊飯者，定是碎末型；言滷肉飯者，有時飯上頂的是炕肉，有時是肉末，但主要向北部靠攏。至於彰化是炕肉飯的天下，自不多說。

滷肉飯的炒料與滷汁配方是各有千秋，紅蔥頭、蒜末、醬油熗炒外，有的店家以甘草調合鹹味，有的用甘蔗平衡，有的則偏好紅糖或冰糖。爲求風味與香氣，有的店家增添中藥材、辛香料，也有加入蝦米、豆腐乳、花生醬的。

檢視完滷肉飯與肉臊飯的南北用語差異，也聽了見多識廣的成員分享各地傳統肉臊做法之見聞。大家都說著一口好飯，我愈來愈坐立難安，好想出發吃飯。

終於，滷肉飯節的評審工作進入實地考察的階段。我在工作同仁的陪同下，在台南和高雄跑了好幾間店。或偏街飯擔，或市心店面，除了檢視環境衛生，最主要的就是坐下來吃飯。吃罷起身，又前往下一家店。

時而進入一小店，見備餐區簡潔乾淨，爐台上僅一只滷得發黑的陶甕。店主開電鍋，盛了一碗白飯，甕內取一匙肉臊淋上。那碗肉臊飯發著神祕的光，暗示著反覆練就而成的內斂。時而遇上生意熱絡的店家，坐在衆食客間吃飯，感受人氣，自覺評得了味覺，評不了氛圍。少了街景與社群，一碗滷肉飯就只是一碗滷肉飯而已。

我突然覺得，掌握一鍋祕製滷汁，好像懷藏一項隱而不張揚的內功。看起來是鄰家大嬸、阿姨，平日點頭招呼但從不多話，與人爲善，遇上燙青菜澆一點，筍乾淋一些，乾麵拌一些。兒女在外讀大學，三不五時也給寄上一點。極其尋常也極其低調，然必要時刻，卻能出手救人一命。

例如從不回家的男子今晚竟默默坐在飯廳，她回來見了，也不多說，只問一句「肚子餓了吧？」便到廚房煮了碗麵，淋一匙肉臊端到他面前。男子吃了一口，眼淚便流了下來。又例如一人在海外求學多時，懷才不遇，竟又遭到伴侶分手，鬱悶悲悽，心態幾乎要墮入黑暗之際，室友熱了一鍋滷肉邀了共食，竟然無比美味，心中湧起故鄉的往事，覺得世界還有一些溫暖。

如此這般，好的滷汁是大隱於世的修行者，行於尋常，療癒人心於爲與無爲之間。

簡單飯的內功：咖哩

不只是滷肉飯、肉臊飯或炕肉飯，一切簡單飯的那單純「一味」，皆是不同內功的展現。例如咖哩，香料的魔法，火侯與時間的內力。

咖哩是他者建構出的名詞，是做爲殖民者的英國人指涉印度菜的籠統代稱，泛指各種辛香料的混合。眞正的香料國印度，其料理充滿多樣性與地域特殊性，沒有人會以「咖哩」來稱呼自己的料理。

然而咖哩的魅力卻是實實在在的。薑黃、孜然、肉桂、荳蔻、乾紅椒、黑胡椒、茴香籽……，將各式各樣選擇後的新鮮辛香料炒香，加入洋蔥、番茄等蔬菜，並同肉類細火慢燉。有多少廚師，就有多少種配方與創作，就像成熟的樂手，會融合他的藝術養分，發展出自己的一套音樂語言，透過即興向聽衆表達，而世間則通稱作「Jazz」。

咖哩是世界語言，我無法想像有哪一個國家的人不能接受咖哩的美味。

曼谷之旅的頭一個晚上，一個人走在Sukhumvit區尋覓晚餐，最後在一小間小餐館點了綠咖哩和啤酒。一碗咖哩一碗飯，配色單調，能量卻豐沛。香茅、芫荽、小茴香、椰奶融合成無以名狀的豐富味覺，衝著綠辣椒的浪「嘩」地撲向我，在我的味蕾上銘刻重重的印記，往後我向他人談起綠咖哩，竟像是鄉愁。

晃遊新加坡時選宿於花拉公園站附近的Hostel，幾乎每晚到Kitvhener Rd.路口的「美芝律剪刀剪咖哩飯」報到，一張紅盤子盛好飯，剪兩三道燉得軟爛的蔬菜和雞肉，淋上咖哩，就是每天都願意吃的ugly delicious。

旅行日本，如果可以早晨坐進溫馨的社區咖啡館，享用一盤咖哩飯，啜飲一杯綜合咖啡，是再好不過。讀過書報一看時間，才九點，一天的旅程正要開始，眞不想動啊。

單身時，工作遇上倦怠，便找一盤咖哩飯來撫慰自己。婚後，兩人能共度的廚房時光，就是參照日本咖哩研究家水野仁輔的指示，煮一鍋咖哩。

咖哩，讓我想起德國作曲家孟德爾頌（Felix Mendelssohn）說過：「美的本質，源自於衆多變化的和諧統一。」

千杯米，謙卑飯

我吃咖哩，本是爲了吃飯。

雖然在熱衷咖哩的國度裡，咖哩也搭配麵條、米線、烤餅、麵包。但我心中理想的咖哩——乃尋白飯攪鹹、只宜單吃之簡單飯的美學路數——只能是配飯。如果也有咖哩飯節，我肯定爭著當評委。

回憶那次滷肉飯節評審工作，幾趟實地考察下來，已不記得前後走了幾間店，但猶記得在審美疲乏之際，察覺一碗滷肉飯有無記憶點的關鍵，經常是在白飯，明確印證了「白飯攪鹹」爲基礎的美學事實：滷肉飯要好吃，首先白飯要美味。

有一次詩人吳晟老師因活動南下，利用空檔到我的飲食書店來參觀。我向他介紹我正舉辦的一系列彰顯台灣地方飲食文化的講座餐會。他聽了點點頭，舉了滷肉飯爲例，說大部分的人談及美味的滷肉飯，往往針對肉臊的製法而論，卻忽略了底下的白飯是至美的核心。而成就一碗好的米飯，從風土、種植、管理，到輾米、保存，皆不單是言語的事。我大表認同，本想續談自己的理念與未來企圖，突然意識到眼前的是和土地最親近的吳晟，想起詩人的詩：

我不和你談論詩藝
不和你談論那些糾纏不清的隱喻
請離開書房
我帶你去廣袤的田野走走
去看看遍處的幼苗
如何沉默地奮力生長

我不和你談論人生
不和你談論那些深奧玄妙的思潮
請離開書房
我帶你去廣袤的田野走走
去撫觸清涼的河水
如何沉默地灌溉田地

我不再多言，轉而囑人泡了茶來，請教吳晟老師的溪州經驗。

其實不只是滷肉飯或咖哩飯，白飯沒煮好，足以毀了任何一頓餐。

慶幸世間對吃的講究與關注已逐步涵蓋了米飯，開始懂得選米、品米，欣賞米飯的簡質。

台稉九號、台南十一號、台中一九四、高雄一四七，感謝農業試驗所推出改良品種，感謝優秀的農夫用心種稻，而業者能用心輾米保存，職人能把飯煮好，甚至運用不同品種的米相混的方式，找出理想的口感與香氣，讓我們不但吃飯，也吃好吃的飯。

南宋筆記書《鶴林玉露》中有言，說八珍乃奇味，而飯乃正味。因此，八珍雖美然易厭。飯，則是一日不可無，一生吃不厭。這本來是在比喻歐陽脩的文章，讚其溫純雅正，和平深厚。

好米得來不易，是自然與人共同孕育，一碗好吃的飯，溫純雅正，和平深厚，令人心生謙卑。

吐司情緣

一

醫院門口停來一台廂型車，把後車廂門打開了，展示出裡面一排又一排的麵包。我記不得這是幾歲以前的事了，媽媽攜著我，一起帶阿媽去醫院看病，在那等待的時間裡，讓我頭一次碰上麵包車。

鄉鎮市井的畫面總一個樣。而阿媽生了什麼病？又是在哪間醫院？小朋友壓根記不得，只記得麵包很香，我肚子很餓。

蔥麵包、菠蘿麵包、葡萄乾吐司、一層美乃滋上鋪滿肉鬆的肉鬆麵包、肚子擠了鮮奶油的螺旋麵包、長得跟橄欖球一樣的炸彈麵包、四個包一起的巧克力大理石、有布丁奶油餡的克林姆、撒了糖粉的甜甜圈……麵包車來了就廣播，通知我這嘴饞的小鬼趕緊討錢買點心。於是這些麵包在往後的童年裡，被我輪番嘗試，最後留下最素樸的菠蘿麵包和甜甜圈成爲我早餐或點心的固定選擇。

大都會裡麵包車幾乎已完全消失，然味覺記憶之強健不容小覷，有一陣子父親開刀住院，我進出中國醫藥大學的立夫大樓，探病伴床無事，蹓躂過一樓麵包店，進去揀的還是甜甜圈。

「鬼王」劉志偉在《美援時代的鳥事並不如煙》這本書中，將麵食推廣運動期間，由美國引進甜甜圈和油炸鍋，以及甜甜圈之譯名如何從「多福餅」一路成爲「甜甜圈」的過程寫得相當詳盡。

甜甜圈的糖粉總是沾黏在塑膠袋內和臉頰上。爲了避免整圈嘴唇都染上了糖粉，常要刻意地張大嘴巴，露出兩排牙齒去咬。面部表情是我在買甜甜圈前會遲疑的唯一理由。台中科博館對面的水煎包兼售營養三明治、甜甜圈等麵包點心，所製的甜甜圈筋性高，皮酥而帶勁，是令人難以抗拒的誘惑。啊，這麼美味的油炸澱粉一定藏著邪惡，需要極大的意志力來節制自己。

二

我記得，後來阿媽只要看到將後車廂門敞開的麵包車，就一定會問我：「欲食麭無？」台語的「麵包」直接借用了日語的「パン」，足見台灣人熟悉麵包的滋味，主要是因爲日本人。而吐司的發音「俗胖」，則來自日語的「食パン」，倒不是因爲「便宜」的意思。吐司一開始也不算便宜，五、六〇年代的台灣經濟貧困，這種外來的洋食點心尚屬「奢食品」，多數民衆並沒有閒錢買來吃。

美援時期中期以後，大量進口小麥入台加工成麵粉，並推動麵食推廣運動，促使麵食和西點麵包逐步深入台灣民衆的日常。隨著台灣經濟起飛，生活條件改善，吐司從一次買一片，終於能夠一次買一袋，漸漸成爲普遍廉價的食物。

青木百合子在《日本的洋食》一書中寫到，麵包去到日本，源自一五四三年的葡萄牙傳教士。日文的「パン」即來自葡萄牙語的「Pao」。江戶時代開始，麵包被當作軍糧，一來便於攜帶，二來能添加富維生素B的馬鈴薯，改善腳氣病。

眞正使麵包普及大衆的是二戰後的美援物資和美國在日本推行的多吃麵包運動。這點和台灣在美援時期開始大量接受美國文化如出一轍。

明治時代，日本人還吃不慣麵包當主食，於是以和菓子的概念，開發出了和洋折衷的「包餡麵包」，例如紅豆麵包、果醬麵包、奶油麵包等等。充滿兒時回憶的麵包車，載著琳瑯滿目、如今散發懷舊滋味的各種台式麵包。其中的螺旋麵包、克林姆麵包、夾心麵包等包餡麵包，皆是日式麵包「餡パン」的承襲與變體。

三

台中人，很可能比其他城市的人，更經常地吃到烤吐司。

烤吐司，到底有什麼好吃？說不上來。兩片白吐司，放進雙槽彈簧式的烤吐司機內烤酥，一面抹上乳瑪琳人造奶油，一面抹上草莓果醬或鳳梨果醬，合起來，擱盤子上內用，或裝防油紙袋裡外帶。這款相當美式的食物，成爲隱藏在台中街巷裡的常民點心。

牛乳木瓜汁，我們現在慣稱木瓜牛奶，是烤吐司的固定搭檔之一。

自日治時代引進刨冰機後，台灣開始出現了「冰果室」這個特殊的飲食空間。在四〇年代末興起的冰果室讓市民有了呷甜呷涼的休閒空間。是時，冰果室裡皆會販賣「木瓜汁」，木瓜汁味道豐厚又有飽足感，清涼又充飢，是頗受歡迎的庶民點心。至於牛奶，台灣從美援時期開始接受奶粉沖泡的脫脂牛奶，直到台灣能開始穩定供應鮮乳的七〇年代，又伴隨冷藏設備與果汁機等家電的出現，「牛乳木瓜汁」才普及於冰果室。

美援時代則強力引介兩項食品給台灣：除了上述的牛奶，其二就是麵粉。爲了傾銷小麥，美國除了在台推廣麵食運動，刻意強調吃麵食的好處，更培育烘焙人才，積極將西點麵包推入庶民的日常生活中。

俗稱「俗麭」（siók-pháng）的吐司切薄片，放入烤吐司機烤得酥酥的，抹上現成又便宜的奶油和果醬，簡單、廉價、便利、快速，輔佐冷飲或冰品，十分適切。

足見，冰箱、果汁機、吐司機是冰果室的靈魂。七〇年代家電的普及，造就了木瓜牛奶與烤吐司的便利製作，一個滑潤綿密，一個酥脆爽口，兩相成爲冰果室的明星，餵養出台灣庶民的一項飲食記憶。

中華路是台中知名的老夜市，曾經燈紅酒綠，龍蛇雜處，一如台北萬華。這裡，恐怕算得上是台中烤吐司的發祥地。要體驗台中人吃烤吐司的典型現場，先走一趟夜的中華路。

中華路上的「陳家牛乳大王」，大概是台中第一個開始專賣木瓜牛奶與烤吐司的店家。木瓜牛奶搭配烤吐司這款下午茶組合也開始被指認，業者間相互仿效，共同餵養市區內的消費者。原位於第八市場內，後來搬遷至中華路現址的「龍川冰果室」，屹立至今一甲子，冬天一到就關店放寒假去。它的烤吐司抹醬選擇自行熬煮鳳梨醬，甚至培養出了專程來買鳳梨醬的忠實顧客。

冰果室不只是呷涼的冰店，也是大衆相聚扯淡、消磨時間，以及約會談戀愛的社交食肆，一如七年級生的泡沫紅茶店，以及八〇後的速食店。

台中舊市區中區與南區的忠孝路，是烤吐司的主要守備範圍。我自幼在北屯區生活，沒有冰果室的深厚情緣。然而冰果室過去做爲戀愛空間的象徵性，竟一點也沒有少發生在我身上。

高中因爲補習而開始在台中公園一帶鬼混，當時交了一個熱愛西瓜牛奶的女朋友，才從西瓜牛奶進而接觸冰果室和烤吐司。北上念書後，生活裡充滿咖啡館，幾乎沒有冰果室，遑論烤吐司。多年後定居台中，因爲與妻交往而開始頻繁進出南區，忠孝路的「美乃屋」是妻的青春回憶，我們在那裡約會，喝木瓜牛奶，也到對面的「清心冰果牛乳大王」喝咖啡牛奶，吃烤吐司。

除了坐泡沫紅茶店，我也愛一個人到興中街柳原教會對面喝紅茶冰配烤吐司。國光路上的「大象綠豆湯」亦是我鍾情的低調安靜小店。它的綠豆和蓮子煮得極佳，但烤吐司的量備得少，店家一點半開張，經常一下子就賣完。後來才知道，結婚前的妻，也經常一個人到此享受綠豆沙配烤吐司。一份好的甜品，即是私人日常裡的佳美間奏曲。

外縣市的朋友若來台中出差或遊玩，耳聞中區乃台中之舊市區所在，對於殘餘自舊時繁華年代的今日街貌甚感好奇，而告訴你他留宿中華路一帶二十餘年老旅舍改建的風格旅棧，那最好你們相約在他白天看盡遊罷，諸事皆畢，也回房稍事休息梳理後的宵夜時段碰面，在森黑樓巷與車流人潮萬頭竄動所映照出的霓虹油煙熱場子裡重逢。

中華路上的那些老字號小吃攤，就放任他自己去走逛，去放眼泛看，任他拿手機去網路上搜索，前後指認，揀三兩攤家覓食；還想擠進老戲院「日新大戲院」看場電影也由他去。你只管等他完畢後，再神祕兮兮地攜著他離開熱鬧的區域，轉往形色相形黯淡的成功路，走到興民街口「成功路」路牌下的「阿斗伯冷凍芋」，嘗點巷仔內的甜頭。

合點一碗冷凍芋（留Q的那塊給對方），一碗豆花或蓮子湯，以及一份烤吐司，二話不說。

等他驚訝於芋頭的甜蜜Q軟，喝下一口花生湯底的豆花湯，驚訝那烤吐司的酥脆，但又說不上這玩意兒哪裡好吃之際，你適時地、假裝漫不經心地，一邊老練喝湯，一邊對著他說：「眞正內行的台中人才知道這個好地方。」他突然因你而入列「內行台中人」，心中傻愣著欣喜，手上的烤吐司就更香了。

四

再說厚片吐司。

比起一面乳瑪琳，一面果醬的烤吐司，坦白說我更愛吃花生厚片，這應該和我愛坐泡沫紅茶店有關。我到春水堂、雙江這類茶店必點，坐紅茶攤也點。早餐通常不吃甜，但有那麼幾個早晨，走進速食早點店突然想吃，於是也點。上中非咖啡這種老派咖啡館，若有，也要點。

並且，我吃厚片，必花生，其餘草莓、奶酥、巧克力一概不點。第一次到士林南美吃早餐那日，進了門突然覺得不想吃甜，於是吐司口味選了原味奶油，不抹花生。妻子抬頭看我，問：「你是誰？」

花生厚片，這種看似沒有難度、人盡可售的不起眼東西，最容易踩到雷：麵包體太乾、抹醬太黏澀、甜度不夠，以及我個人不喜顆粒花生醬等等……。每次到了不熟悉的店家犯了嘴饞點了花生厚片，都是戰戰兢兢地等待，弄得自己坐立難安。而結果通常是失望的。有時勉強吃完，有時剩下一半。而我竟也一次又一次，甘願承受。

花生厚片因爲吐司厚度較厚，街頭店家製作時多用前開式小烤箱，整片放入烤製。吐司的選擇、抹醬的選擇（或自行加工調整）、吐司厚度的取決、入烤箱前的濕度、受熱時間的掌握、奶油與抹醬的多寡和塗抹的時機，都是一次又一次的嘗試，找到最佳的狀態，化做經驗值，決定每次端給客人的品質。考慮花生醬的潤澤、口感、甜度、香氣，凡此種種，皆不可馬虎。花生厚片是經典基本款，但又像有點難度的挑戰題，一間自我要求高的街頭甜食店或咖啡館，若決定要賣厚片，必須嚴正以待。

最初以「陽羨」起家，發展爲連鎖品牌的「春水堂」，其花生厚片，在台中這座吐司之城內，充分示範了一件事：只要能掌握將平凡的食物製得無人能及的好吃，便能以高價販售，獲得豐厚的利潤，一如鼎泰豐的點心。春水堂的吐司，幾乎只有在台中的分店才有販售，是台中人的致福。不堅持酥脆，反而是保水的柔軟口感，抹醬據說是梨山牌花生醬和奶油的結合，濕潤不黏口，是花生厚片的最高標準，台中人的美味記憶。

五

極簡但用心備製而臻美味的食物（如乾麵、炒飯、卡布奇諾……），厚片吐司抹奶油今名列其一。在台北生活時期，若想吃美味的厚片吐司配咖啡，我都去上島咖啡。除了品嘗它的厚片吐司，我平常慣喝黑咖啡：或煮塞風，或以手沖，若想喝風味獨特且美味的甜咖啡，非得是上島的焦糖或金芝麻咖啡。以及，這類日系的咖啡館慣放美國五〇年代爵士樂，全合我胃口。最後，有質感的grand coffee house讓人隱身其中沒有壓力，沒有老闆在場與常客變熟，座位眾多，有被廣大陌生人環繞而人人盡做著自己的那份事的安心感。

稍後，名古屋的客美多咖啡（Komeda's Coffee）也來到台灣，帶來名古屋「點咖啡送早餐」

的商業模式——十一點前點一杯咖啡，即贈一份厚片吐司抹奶油，配水煮蛋、蛋沙拉或紅豆泥。這對坐慣了台灣老派咖啡館的人是再熟悉不過的，並且頓時感受到文化上的一脈相傳。

不要華麗豐盛的早午餐，弄得像到館子吃大餐。奶油厚片黑咖啡，就是要如此樸素且美味，才有日常的魅力。

吐司，從薄片抹乳瑪琳和果醬、厚片抹花生醬或奶酥，到生吐司抹奶油佐紅豆泥，是一朝向精緻化的歷程。從日治時代出現在喫茶店，到中美合作時期「麵食推廣運動」開始深入常民，戰後成為冰果室裡佐木瓜牛奶、佐冰品的點心，八〇年代在泡沫紅茶的風潮中，成為最普遍的俗民茶食。如今，街頭巷尾的中西式速食早餐店皆不乏它的身影。近年再由日本老牌咖啡品牌如上島咖啡、客美多咖啡，以及「生吐司」的引進，帶起精緻吐司的風潮。頭尾是日本文化的影響，中段則是美國的影響。

「生吐司」最初的開發者是日本大阪的品牌「乃が美」，特選頂級的麵粉與奶油製作，讓吐司特別綿密、鬆軟，直接吃就很好吃。冠以「生」字，是想表現入口即化的曼妙口感，一如「生巧克力」。即便放至隔夜，也不需回烤，而能保持美味。吐司邊不再需要去除，也能將整體的厚度切得更厚。對熱愛吐司的人來說，「生食パン」是「食パン」的完美進化。這股生吐司旋風從日本吹到台灣，除了先後有日本的品牌降落開業，台灣本土的烘焙品牌，也紛紛推出自家的生吐司產品。

早晨取一片厚度極厚的生吐司，或直接享用，或放在烤網上烤至表面微酥。取出那塊幾番嘗試後，確認合適的奶油，切下一塊抹上吐司。或許再拿出那罐幾番嘗試後，確認適合的草莓果醬，抹上些許。配上一盅手沖咖啡，奶油厚片黑咖啡，就像結婚五年的伴侶，那麼平凡那麼熟悉，卻依舊在翌日的早晨，感受到熱戀。

我的大人味

我在旅日作者張維中的文章中讀到關於「大人味」的解釋，日本人使用「大人味」所形容的食物，通常「不那麼甜，帶有一點苦味」，或者「非一般飲食經驗中的味道」，以及最微妙的——「帶有餘韻」。意味著，除了一開始的、最明顯的直接味覺之外，還帶有其他隱微的味道。

內臟料理是我所認定的台式美味。粉腸、脆管、天梯、豬心、牛舌、鴨腸都令我歡喜。其中，最有大人味的內臟料理，我選「煎虱目魚腸」。

虱目魚料理的大本營在台南。但我第一次嘗到煎虱目魚腸是在高雄的舊左營——一個靠海卻看不見海的舊市鎮，由大片大片的軍區、眷村、國宅、古厝和廟宇叢所支撐起來的地方。高鐵像一條人工分水嶺，把左營切分成舊左營和新左營。從南門到蓮池潭，左營大路像一條大動脈，輸送著這個半城不鄉的舊城故事。直到我離開高雄之前，眷村拆除的瓦礫堆都還停駐在原址。

舊左營的主題，就是軍區，如果舊左營有主題曲，當然就是軍樂。即便左營是自清代即建城，古蹟眾多，且尚保留全台最完整舊城牆的歷史之地；即便蓮池潭舊聚落一帶的廟宇密度是全高雄之冠，更有著名的觀光景點春秋閣與龍虎塔。但舊左營的主題，就是軍區——海軍的大本營在此，乃至於海軍陸戰隊、後勤支援指揮部、海軍官校等軍屬單位便占據了三分之二的舊左營。

夜的舊左營，總讓我感到一種「城鎮裡的荒疏感」。寥寥無幾的商家、黯淡的街屋、熄燈後的校園、軍營的大門、軍營的側門、站哨的衛兵和攀著長長鐵絲蛇籠的軍營圍牆。

而所有的鼎沸人聲都深藏在門牆內。

你必須經過森森的海軍基地大門和只剩空地的崇實新村，在眼看無路的基地側門前急右轉，進入漆黑的、彷彿闌尾段的介壽路底端，狐疑地進入文康中心，在閒置已久的中山堂旁，發現遠近馳名的「劉家酸菜白肉鍋」正鍋湯沸騰，生意興隆，如黑暗中的北極星。你必須在左營大路上一再錯過「海光俱樂部」，才終於疑惑地走進它怎麼看都是軍方屬地的門面，發現，噢，老字號的上海菜館「海光中餐廳」真的在南洋杉的掩護後高朋滿座，日日宴席，門口永遠站著一群酒酣耳熱的中年男人。

所有的鼎沸人聲都深藏在門牆內，此番例證在舊左營不勝枚舉。

我在位於舊左營的新創公司工作的那幾年，特別沒有時間感——從早上進了公司，時間會咻地一下就到了晚上九點十點，也總是分不清楚今天是星期幾。通常在覺得「好了差不多該離開公司了」，我們的老闆「大哥」就會冒出來，用「不管你們要不要去，我都要帶你們去」的肯定語氣對我和另一位夥伴說：「走，去吃東西。」

因此，我們三個人經常帶著一身疲憊跑到海軍文康中心裡的榕園，坐在大樹下吃客家小炒，喝海尼根和斯格登。也會到廍後街內的熱炒店吃羊肉、蚵仔煎配生啤酒。或者到左營大路和店仔頂街交叉處的小小海產攤，看看冰塊上還剩什麼食材——這攤五坪左右的路邊攤由一對夫妻經營，只營業晚上。因爲它位在左營大路轉進店仔頂街巷口的小小三角地帶，因此我們都叫它「三角窗」。

偶爾，我們也會不辭千里跑去八德一路的鵝肉海產店，叫一盤鵝肉、炒海瓜子、花椰菜乾、筍絲炒蛋和炒麵，啃鴨舌頭，喝18生。

大哥非常忙碌。他的手機永遠接不完，每天都在趕場，常常是到了這種宵夜時間才要來吃被他省略的午餐或晚餐。他總是晚上八點左右才有空進辦公室和我進行會議，我只要看他臉上顯示的「低電量」，就知道等一下可能又要邀吃宵夜了。

有幾次，我直接婉拒了他的邀約。卽使我肚子也餓，也多麼想趕快奔向夜色的街巷，去某個燈下尋覓被我拖延至此的午餐或晚餐。但沉重的疲倦讓我完全不想再與人互動，只想盡可能地窩回我租賃的套房，攤開食物，點開影集。然後洗澡，睡覺。

第一次吃煎虱目魚腸，就是在「三角窗」海產攤。那是我到左營的第一年。那天，照樣是一個疲憊的夜裡三個疲憊的身軀，從南門向北，往家的反方向。我們把車停在黯淡的左營大路上，走向三角窗畸零的攤位。三角窗的老闆挺著個大啤酒肚，滿口缺牙，整個人看起來髒髒的。要不是他炒出來的食物對夜晚的舊城而言還算能湊和，否則形象如此的廚子還眞令人不敢恭維。

桌上的杯盤都差不多見底了，用來增加飽足感的兩盤炒麵也清空。大哥似乎還不過癮，又走去攤前去找老闆嘀咕了幾句。過不久，一盤煎得黑黑的、一坨一坨的、怎麼看都令人提不起食慾的東西就端到我們面前來了。

虱目魚是很具代表性的台灣漁產，養殖的歷史超過三百年，因爲氣溫的條件，養殖大宗集中在台南和高雄。從魚頭、魚肉、魚肚、魚皮到魚丸，虱目魚是極普遍的台灣小吃。「表演工作坊」的段子曾出過一句台詞，說梅花是我們的國花，鳳梨是我們的國果，XO是我們的國飲。那麼，如果要選一種魚做爲台灣的國鮮，大概就是虱目魚了。我的老朋友阿華，是一位年輕的土礱師傅、爆米香師傅和台語文化的推廣者，有一陣子他嘗試將台灣在地代表性食材融入爆米香，就曾經實驗性地做出了一款虱目魚口味的爆米香。

還在台北念書的時候，我就經常和室友走到巷口的「台南虱目魚」點一碗魚肉粥，或點一碗滷肉販、一份蔥花蛋，配一碗魚皮湯做宵夜。唯獨對虱目魚腸沒有半點認識。

虱目魚腸包含虱目魚的肝、腸、胗等器官，一隻魚就一副腸，而且不能冷藏，必須當天吃完，日日皆在小吃攤之間呈現奇貨可居的態勢，是饕客們搶早的理由。將魚腸的水分瀝乾後，直接入熱鍋乾煎。魚肝油脂豐富，不一會兒就會令乾鍋變油鍋，腸子們劈啪作響，顏色轉瞬深沉。起鍋後，抓一把薑絲佐盤，撒胡椒鹽，也可以附一疊芥末醬油。

大哥大概量我這台中來的小子沒見識過這道南部內行人的暗黑料理，用一種略帶調侃與挑釁的眼神看了看我，沒發一語地自己先動起筷子。另一位同事一看見端來的東西，臉瞬間就揪在一起，顯然也是內行，堅決不吃。

我看著一個個肥軟的黑色形體黏附著捲曲的腸條，心中卽便升起排斥感，卻直覺地想要展現出不畏嘗試新事物的泰然自若。黑格爾不是說了：「凡合理必存在，凡存在必合理。」有這般料理，表示有人愛吃。有人愛吃，表示它必定有其魅力。

我吃了第一個，酥香、鹹腥、軟脆，帶一點點微苦。該怎麼形容？就是很大人味的食物。我藏著猶豫，夾著薑絲，又吃了第二個，開始覺得有點意思了。眞是莫名其妙卻又帶著說不出的美味。我又吃了第三個和第四個。大哥沒有打算要爲我介紹一下這道料理，只是和我對飲啤酒，兩個人慢慢地把那盤虱目魚腸吃完。

大哥是我亦師亦友的老闆。在他的數個事業版圖裡，他同時兼任縱火犯和救火隊大隊長。一旦有了新的想法，他就會到處「搧風點火」，慫恿各路豪傑，尋找可能的新事業夥伴和資金。但也經常，他必須在因爲自己更新的想法而臨時下令改變原有計畫而發生的各種意外中，做緊急的決定，強行調度各種臨時支援，避免災情慘重。

大哥常常在救自己縱的火，承受自己種下的因而產生的果。創業，就是無中生有。在他身上，我看見創業的「業」，是事業的業，也是業力的業；在他身邊，我體驗到創業家的威風與狼狽。

想想當時的自己，個性就像第一次面對虱目魚腸一樣，總想要證明自己擁有寬廣的品味，而勇於嘗試，企圖表現出能接納新事物的泰然自若。有時候運氣好，確實遇見了讓自己喜歡的事物。有時候則沒有那麼幸運。

但無論如何，世間上確實存在著像虱目魚腸一樣的工作，不親切、不討喜，也不一定有起眼的外表，但有它獨家的魅力，值得用心血換得一份抽象的苦與樂。除了同道中人，不太有誰眞正懂得欣賞箇中滋味。那個滋味孤獨，但令人感到自信而優越。

回想起來，二十幾歲的自己，仗著年輕，沒有什麼牽絆，就抱著自己的理想跑到高雄的舊城裡，去追隨另一個人的理想，每天辛勤地賣命，想盡辦法讓更多人看見自己。想想眞是一種「務實的浪漫」，如果世間眞有這種浪漫的話。而就是在這樣的浪漫中，遇見了那盤煎虱目魚腸，在煎得黑黑的、油潤油潤的、口感複雜而略帶苦韻的大人味中，我看見了那個倔強、愛好面子而還沒有長大的自己。

怎麼醬？

第一次背著大背包獨自旅遊曼谷，下了飛機，轉搭捷運到洽圖洽（Chatuchak）周末市集。正逢午餐時間，見街邊一棚下飯擔食客洶湧，直接走進去點了一盤烤雞飯。一球黃色的薑黃飯撒著脆片般的蔥酥，飯旁一塊烤雞，可謂只置一味的尋常簡單飯。店內招呼者，用我聽不懂的泰文指著桌上一綠一橘兩種醬料，顯然是要我搭配著吃。我擠了兩種醬到盤子裡，用雞肉分別蘸著吃，不得了，甜辣、鹹酸，太好吃了。

我那獨身旅行美麗異國的自由心情，像突然被砸上一球水球，嚇了一跳，然後整個興奮了起來。這，這就是泰國的魅力了嗎？本來不太吃辣的我，這回中了蠱似地，手離不開醬，一下子就把飯扒完。

接下來的旅程，乃至於往後的所有日子，我的心完全浸入東南亞醬料的迷情中。醬料，常是食物調味的必要，能賦予食物魂魄，讓人驚呼有神。

和小攤販買幾串炭火上烤得焦香的醃肉串，醬之以沙嗲，最是南洋street food風情。這沙嗲醬戰後經由潮汕移民輾轉帶來台灣，成為涮肉吃火鍋必要的沙茶醬；叫了一盤海南雞飯，必要淋上黑醬油於飯，再叉起雞肉佐一些薑蓉與特製辣椒醬；甚至吃麥當勞，不但雞塊必要醬之以糖醋，我個人是連薯條也一併蘸著吃。

有一陣子家裡的豬五花丼飯、親子丼，和早餐的油蔥烘蛋特別美味，原來是妻子新獲得一瓶日本高湯醬油，不免追究是何方醬油神之雫。

台灣充滿「地方特色」的「醬法」更有之。最常談及的，南部番茄切盤，醬之以醬油膏、薑末與白糖粉調和；客家人白斬雞、三層肉上桌，醬之以金桔酸醬；在嘉義躲正午日頭，街邊吃盤寬涼麵或涼圓，醬的是芝麻醬與白醋；還聽聞早年台中人會將麻芛湯淋於白飯上，再加一匙由水溝裡撈來的小隻淡水蝦入鹽、蒜蓉、紅露酒封存醃漬而成的「蝦仔膎

（he-a-ke）」相拌而食，這也是白飯攪鹹的形態之一。

在台灣各地坐街頭吃小吃，不難發現，一個地方，經常都有地方特產的醬料品牌。在地的醬油工廠，老醋店……小廠小牌，以自家的配方，完成自家的產品，因為產量有限，進入特定的通路，悄悄在特定區域內的麵攤、飯擔就位，守著一張一張的桌凳子。

當你不需要它，你可能壓根不會注意到它的存在，可當你突然想起來你需要它的時候，它就在唾手可得之處。安安穩穩，本本分分，然該它表現的時候，你的舌頭絕對不會忽略它。醬，形塑著一個地方的味覺，一個地方的集體記憶。

「調和之事，必以甘、酸、苦、辛、鹹，先後多少，其齊甚微，皆有自起。」這是中國史上的名廚宰相伊尹，談論料理時所指出的調味之道。說調味的道理，在甜、酸、苦、辣、鹹的搭配運用，先放後放，用量多寡，平衡的拿捏甚是微妙，而各有其特色。醬料調味的原初旨意，也就在於增味，以強化料理的風味；或提味，而不扼殺食材的原味。

但我看街頭小吃之醬法，往往沒有這些妙轉加乘的味覺方程式。我身為台中人，不得不提東泉辣椒醬。

東泉辣椒醬寡占台中街頭多時。談台中味，擺出東泉，大概沒有不附和的。一次飯局，和同桌新認識的朋友聊起台中味，異口同聲提過大麵焿、麻芛湯後，此醬一出，更換來驚呼，彷彿千萬筆年少回憶，數世累積的味覺記憶都被召喚回來似的。這位新朋友更指出，自己在國外的家人，每次回台，總不忘帶上幾瓶。我這才證實，原來東泉之魅力無法擋，跨越海洋，聯繫僑民鄉情，還眞的確有其事。

我吃東泉，從國小時期跟著媽媽上早餐店吃炒麵和豬血湯開始。早餐吃炒麵配豬血湯，大概也是中部的特殊風景，據說是從豐原還是潭子一帶，服務勞動階級的早餐開始的。而我只記得，我跟著媽媽在拌著高麗菜絲和肉臊的黃麵上淋上一圈又一圈的辣椒醬，湯碗裡的豬血，也要舀起來蘸著醬吃。

東泉辣椒醬，以糯米漿混合辣椒粉、砂糖等多項物料製成，顏色磚紅，口味並不眞的辛辣，而近似甜辣醬，鹹甜中和，相當好搭配運用。炒麵、炒米粉、大麵焿、餛飩、豬血、肉粽、煎餃、蘿蔔糕、滷肉飯、燒餅、水煎包、湯包……台中人無所不蘸其醬。

醬料擺桌上，便是爲了提味、增味，依個人的口味自行斟酌調配，把調味的一道工序、小吃料理的完成式，交到食客自己的手上。

眼見台中人操使這款東泉辣椒醬，有自己的氣魄。一碗麵，不管乾湯粗細，抄起玻璃瓶，得將醬淋得滿滿的——不見麵體，只見一層紅赤赤的醬海。吃包子也夠絕，包子買了別急著咬，先找到裝著辣椒醬的圓瓶細嘴塑膠醬料瓶，將那細細的嘴管往包子屁股一插，狠狠地擠，把內餡灌飽了，好享受吃包子邊「爆漿」的豐滿滋味。

這樣的動作，和東泉辣椒醬一起成爲台中人的身體記憶。好像這樣戳包子，就是台中式。

我常懷疑，奉行「東泉海量加味儀式」的台中人們，是不是沒有了它，就不覺得食物有味道了？猶記我在曼谷，與新認識的泰國人在考山路坐麵攤，麵來了，見他們拾起座上白砂糖、魚露、辣椒粉和酸辣水，便一陣猛加。

醬，常能見畫龍點睛之效，像吹來一片意義的花瓣到掌中。但口味重者，其醬法卻有伐倒整片森林之勢。

醬法的興起，是不是伴隨著戰後城市街頭小吃而起？都市工業化的過程，因應突然湧入的大量勞動人口，街頭小吃應運而生。食物加工的工業化，也正是都市的服務機能之一。現成的醬，是爲食物增添風味最快的方式。醬料做爲量產的加工食品，能立即服務街頭小吃的需求，促使了地方口味的標準化，也養成了地方人的集體偏好。

小吃怎麼醬？外地人遊訪他方，不妨就入境隨俗，嘗嘗各地方專味的醬料；如果來了台中正巧目睹「東泉海量加味儀式」而看不習慣，那麼請諒解吧，台中人加醬，有時候加的不是辣，是情境，是熟悉，是味覺的癮頭，是記憶中的滋味。

像甜酥餅一樣的心腸

舌尖是感受甜味的部位。相比於成人多少鈍化的受器，小孩子的舌頭保持著原初的敏感，更容易對甜做出回應，難怪兒童特別喜歡甜食。我三歲的女兒吃起甜甜的水果永無止境，小小的身體頂著一個大肚子了還不見休止。

甜是天眞，是美好，無論是食物中的甜，或情感中的甜，皆令人嚮往，難以戒斷。吃甜觸發大腦開關，刺激多巴胺，受體帶來短暫的愉悅，是以，人們吃甜，便尋得了慰藉。

口感先決

我嗜甜，鹹食正餐之後必須要有甜，覺得這樣的結尾才收得完美；我嗜甜，但也並非來者不拒，而有其特定偏好。相機的模式轉盤，有所謂「光圈先決」或「快門先決」，由拍攝者決定不同拍攝環境下，要以哪一個參數爲優先條件。我的甜點喜好，乃「口感先決」。這是我自我觀察後所歸納出來的結果：凡「外酥內甜」、「外酥內柔」或「外酥內Q」者，皆特別合我口味。也就是說，那些外表酥酥脆脆，而裡面甜甜軟軟或QQ的好東西，我都愛吃。

早晨到傳統早餐店叫一粒包子、一疊蛋餅或蘿蔔糕、一碗熱豆漿，眼睛瞄到玻璃櫃裡尚有白糖酥餅，趕緊追加一個。酥脆的麵殼裡包著融化的白糖和融化不全的顆粒，酥脆軟韌的口感相混帶甜，搭配著把剩下的豆漿喝完，豈不是很好的收尾？

甜酥餅，有人又稱糖鼓酥餅，如今是市鎮街頭的老零食，比起雞蛋糕更令我得而歡欣舞蹈。貼著桶型烤爐製成的甜酥餅，外表金黃酥香附著芝麻，鼓鼓的肚裡含著空氣、糖餡或豆沙餡，一口咬下在齒間崩脆，香氣與甜蜜隨著每一次咀嚼追蹤口感的細節，像出神的樂迷專注聆聽即興樂段的每一顆音符與鼓點，讓人一瞬感嘆原來製就一場愉悅的元素是如此古樸，簡單也不簡單。南機場推車燒餅、老左營金華酥餅、第五市場上海點心蟹殼黃……，聽聞哪裡有好口碑的貼爐烤餅，我總是帶著見網友的心情前去。

太陽餅也是可以日常相佐的甜酥餅之一，由豬油製就的油皮、油酥，經擀壓、摺疊、包裹麥芽內餡爲雛形，入大烤箱高溫烘焙，外層轉爲金黃，酥皮層層舒鬆，糖餡熱融又凝定，一場火熱又寧靜的質變後，成爲送禮自用兩相宜的甜點，是茶與咖啡的良伴。內裡包裹的麥芽甜度各家斟酌，能雅如花，能甜如蜜。後來有的店家推出咖啡、抹茶口味，於我而言皆屬多餘，沒有勝過原味的甜美。

母親在嘉義長大，曾說過小時候看到太陽餅最驚喜了。住在台中的親戚朋友若回嘉義探訪，總會帶上一盒太陽餅做爲伴手禮，令母親一家人不在台中居，先知台中味。

太陽餅曾是國家元首餽贈外使的禮品，是市民彼此贈予的擔路，也曾躍上公路局的「金馬號」公車、鐵路火車，聽到太陽餅叫賣聲就知道台中到了。如今新店同老鋪比藝，百家爭鳴，太陽餅仍是台中最具代表性、人氣最旺的餅。

與太陽餅相仿的公婆餅，則藏了一段我幼年學藝不成，餅倒吃了不少的軟爛記憶。我國小開始學小提琴，父母用心良苦，我卻學得不情不願。老師家住英才公園旁，就在老餅鋪「卡但屋」的樓上。「公婆餅」爲店裡的代表作，以太陽餅爲藍本，改以鳳片粉做的QQ的內餡。鳳片粉，又叫糕仔粉，其實就是糯米粉。不過最初鳳片粉和糕仔粉是有分的，糕仔粉專門用來製作糕仔，濕度較低；鳳片粉專門用來製作祭祀王爺用的鳳片糕，濕度較高。

除了改用鳳片粉做餡，「公婆餅」又分爲蒜味和甜味兩種口味。一鹹一甜，兩相搭配，遂取名「公婆餅」，鹹的是老公，甜的是老婆。現在給我選，我當然選老婆。

話說兒時學琴痛苦極了，我拉弓起來像殺豬，不但不愛上課，回家了也不願練習。去了老師家，爲了逃避拉琴矇混時間，一逕作怪，還曾經當著老師的面邊拉邊打瞌睡。後來老師安排了中場休息時間，把我帶到他家的飯桌上，拆一片甜的「公婆餅」放在盤子裡遞到我面前，他自己則是端著一杯咖啡安安靜靜地坐在一旁看我吃。他一定知道我根本不想上課，反正媽媽不在，拉琴的事就暫且擱一邊，先吃塊甜餅吧。搞不好得了甜頭，會變得比較安分。一塊甜酥餅，能給予他人溫柔，還能拯救自己的耳朵。

早年也常回到家，發現桌上擺了一盒奶油酥餅，我興奮地等著正餐隨便吃完，要趕緊去取一大盤，切餅盛裝來食。這款來自父親故鄉大甲的奶油酥餅，因服務民眾的信仰之考量，以非動物性的奶油取代傳統製餅用的豬油。相較於太陽餅，奶油酥餅做爲喜餅之一種，體型碩大厚實，必須用刀子分切等分而食。兒童時只顧吃甜，會把外層酥皮全部剝除，只吃那片軟軟的甜餡，留下滿滿整盤酥皮碎屑，「嘩」一聲倒進垃圾桶裡。長大後自然懂了連皮帶餡的口感與滋味之平衡，餐畢或午後，佐茶或佐咖啡，我都可以一個人獨自吃完一整張奶油酥餅。

鹹中帶甜是人生在世的實相

酥餅，有的做甜，有的做鹹。但我私心認爲鹹甜合璧的酥餅，表現總是比純粹鹹的餅點來得更好。鹹甜的滋味更雋永，鹹香中透露著甜，更接近人生在世的實相。因此我非常享受老餅鋪裡的傳統大餅：覆滿芝麻的表層，或由木製雕刻的餅模壓出雙喜、龍鳳、福祿壽三星等吉祥圖騰，橘黃的餅皮內，包裹豆沙滷肉、綠豆肉鬆、芝麻蛋黃、紅豆麻糬蛋黃等等……。漢餅中鹹甜雙拼的配搭，從早期單以豆沙為餡，到加入滷肉，後又加入蛋黃，顯示了社會逐漸富裕的進程在餡料上的反映，其食材與味覺組合，傳遞出農業社會的面貌，以及如何透過製餅，將食材轉化為非日常型態的工藝思維。

漢餅業自清代即萌發，糕餅是上層社會的名門士紳與官府間、親友間，或佃農與地主間不可或缺的重要餽贈之禮。文人雅士們甚至會在自家的宅院舉辦糕餅相關活動。一般百姓務農為生，只有節令慶典、祭祀、婚喪、祝壽等重大的日子才會出現此般奢侈品。

台灣製餅在日治時期融合製菓技術，又在戰後的美援時代接觸西式配方，不斷朝精緻化與多元化的表現發展。隨著現代社會中傳統儀式的式微，漢餅文化裡的功能性大幅隱沒，傳統的餅，重新以風味和日常茗點的型態與當代生活重建關係。

每每周遭出現有人贈禮之傳統大餅，我總是趕緊湊過去，看看是淡水新建成、大稻埕李亭香、鹿港玉珍齋，還是高雄舊鎭南？若是不認識的品牌，則好奇裡面包什麼餡，可以切來吃了嗎？妻對餅點毫無興趣，尤其認爲這種傳統大餅是老人才吃。她只有看到草莓鮮奶油蛋糕、生乳卷或泡芙才會眼睛發亮。

乳製品是戰後才普及起來的，老一輩的甜食味譜裡，確實無奶。但我與妻已經是八〇年代末出生的人了，奇怪我竟對這些豬油、花生、芝麻、豆沙、蛋黃製就的老派甜食津津樂道。那些什麼蛋糕什麼卷，我總吃一兩口湊合，我的口感先決與鹹甜哲學，則讓大餅的魅力於我是無庸置疑，先切兩塊來嘗。

糕餅做爲贈禮，是當之無愧。收禮，最怕的就是不合己用。不合己用包括生活上沒有需求，用不到；也包括贈者的美學與自己不同，送的東西太醜，不想用。而糕餅這種吃的工藝，是極佳的伴手禮。尺度適中，能保存，承載台灣的飲食特色，在喝茶或喝咖啡的家庭中都易於分享，大夥吃一吃也就完了，大不了轉送給別人吃，基本上免去了大部分非食品類禮物發生不合用的窘境。我旁觀父親出國交流的文化外交，一是透過他的音樂演奏，二是他的現場揮毫，三就是提幾盒鳳梨酥、太陽餅。

太陽餅、奶油酥餅或台灣各地知名老鋪自家的傳統大餅，保有一種地方感，想吃，得到當地去買，或託人帶回來。即便像鳳梨酥、蛋黃酥已經弄得各處都是，也不乏製得美味的，但有時想念的還是自己吃慣的那間老鋪子，以及那份專程往赴而得的禮物感。

善良甜與智慧甜

日本和菓子極甜，一來古時糖之稀有，許久才能吃上一口，是以小小一塊菓子，志要納進一生無憾的感動之甜；二來，品茗佐甜食，向來是文人雅士的雅興，配著茶，自然不覺甜不可耐。

有不少人對於甜點「不會太甜」表示讚許，且當做是每個人口味不同。但我懷疑很多時候恐怕問題不是出在「甜度」，而是出在「不夠好吃」。

飲食文化上，研究客家文化的朋友告訴我，甜味在客家飲食中相對少見，只有慶典時才會象徵性地出現，這也對應了客家人不輕易享樂的人生觀。

甜點是生活的點綴，不宜過度。在飲食中戒糖確實對健康有益——我生命中重要的女人們皆不只一次提醒我要減糖。不過，在文化產品上要戒斷「甜味」不但相對困難，而且毫無必要。每次心情愉悅，想聽些甜甜的音樂，心中總是響起Louis Armstrong演奏的〈La Vie en Rose〉；單身時，被委身工作的自己搞得日子昏天暗地，每晚回到住處的放鬆活動，就是打開《六人行》（*Friends*）或《宅男行不行》（*The Big Bang Theory*）這類甜甜的美國情境喜劇來看個一兩集。這兩部美劇我看得滾瓜爛熟，就像劇中人物對彼此無比熟悉，而總能相互支持的友誼那般，他們的愛與歡笑提供了我那段孤獨宵夜時分所需要的甜分。

人生歷練確實令人趨向務實、理性，心腸不知不覺也逐漸硬化，甚至忘了要友善地對待別人。如果甜味是天真，是美善，那麼甜味既是人生的起點，也是理想中應該抵達的終點。有智慧、充滿光輝的人，總是待人和善，外在有其強韌，內裡則保有空間與彈性，以及一副熱心的感性心腸。

啊，就像剛出爐的甜酥餅。

爐鍋煮食之樂

一

火鍋，我以爲，生於文明之外，生於野性，生於窮簡。

先有爐火，方有鍋食。人們圍聚在爐火邊，天寒能取暖，天暖能談話。原來，火鍋本來就是不分四季的。不僅意在共食，更在「圍爐」。這一爐一鍋，就是社群的核心。誰要是跟誰鬧得不愉快，負氣離席，獨自一人對著曠野皓月喊破喉嚨流罷眼淚，終究要回到爐火旁。

與原初之鍋相生相映的，是漫漫長夜。不同於烤食必須一一照看上火先後，留意是否烤勻烤焦，煮鍋較沒有時間壓力，食材丟了只管等熟，說說唱唱，睡睡醒醒，想吃就吃，煮爛了也無妨。甚至，浪居野地的生活，只有日夜，沒有年月，今天這鍋，明天也是這鍋，自然湯也不必換，鍋也不必洗，一鍋老湯一逕煮將下去。

野性之食，窮簡之吃，便是有什麼吃什麼，全扔進大鍋子裡煮。長年浪遊的吉普賽人傳統上便沒有什麼食譜菜式，冬來揀冬材，夏至煮夏物，就是一鍋大鍋菜，煮什麼都是美食。這是窮簡才有的豪邁，沒有規則，沒有君子有所食有所不食的傲骨或傲嬌。

是以，窮不一定不足，簡不一定不能常樂。

一次同家人到埔里桃米村山林間的顏氏牧場露營，見一對父女兩人一同露營，那畫面令人印象深刻。一頂三角帳搭配一頂蝶型天幕帳，極具質感的裝備很有規劃地在天幕帳內布置出ㄇ型的空間，顯得怡然有序。兩人撿一截松木爲柴，離帳兩尺外生了一小堆營火，立仗掛燈，張一椅於火旁。父親在營火旁也許適時添點柴，而女兒於帳內坐著看書，流洩著BGM Channel的Jazz music。兩人時而隨意交談，時而各自悠哉，渾然理想的親子時光。

那營火，就如同戶外一切的營火，若是火上架著烤網，則太有正在進行或剛結束一番吃這個吃那個的進食暗示。若是低調地在近火處擺一只湯鍋，漫不經心地煮著食物，則更顯示一份已然安頓好的氛圍，好像他在這裡，也算是生活。若是漫長旅途中的短暫停歇，隨時要再啟程，或進行時刻需保持警戒的山野任務，便鮮少會有那樣一只姿態安然的鍋。

何以有這樣的印象，或說何以有這樣的想像？

想來是因爲，火鍋可以沒有結尾。

吃鍋，借用羅蘭．巴特（Roland Barthes）對日本壽喜燒的觀察所做的描述，它「沒有一個中心」。湯鍋、肉品、菜葉，所有的食材互爲陪襯，在鍋子裡彼此融合。也沒有進食的優先順序，一切順著個人的靈感，一下夾這個，一下夾那個，於緩慢的步調中，無拘無束地度過。並且，火鍋最大的特色，是烹調時間與食用時間交互相連，可以沒完沒了地煮，沒完沒了地吃，允許不停的對話，「猶如一篇連綿不絕的文本」。

吃鍋之連綿不絕，也就是可長可短，自在人爲；鍋能吃得連綿不絕，也就是時間感淡薄至幾近不察。要能臻此般忘我的境界，要不就是很能享受孤獨之人，要不就是兩人談話談得相當盡興。

二

善於辨食野菜的台灣阿美族取用於山林，有一項不同於火上煮食的「石頭鍋」。這款石頭鍋，是以檳榔葉梢摺疊成盒狀的容器爲鍋，傾入山泉與食材，再將燒至八百度高溫的石頭放入鍋中，利用燒石所釋放的高溫將食物煮熟。

據說講究者，連石頭的選擇——是蛇紋石還是鵝卵石，石頭放入、取出的時間掌握，都有分別，已經進入到「料理」的層次了。

關於這石頭鍋，我有一次入山尋野溪，於溪畔當鍋煮食的經驗。

學生時代，除了平日宅在知識塔城，偶爾也樂於廣結山水善緣。幾個老朋友三不五時，便相約尋訪台灣山林祕境。一回，同伴間又傳出邀約，走訪桃園復興鄉一帶尚無多少遊客蹤跡的野溪溫泉。其中，一向有實驗精神，百事喜於循科學之路土法煉鋼而終獲快意的老朋友更提議，既然有泉水，有溪石，咱們何不自備食材和鍋具一同前往，現場製作一鍋「燒石燉菜」爲餐。是時，我們尚未聽聞阿美族的石頭鍋，這個燒石燉菜，竟是來自漫畫《海賊王》裡的示範：主角一行人曾困於森林，本業廚師的香吉士借索隆雙刀，架大石於火上烘烤，而後扔進大鍋，將衆人採集獵捕而來的食材煮成一鍋美味。

除了入山基本配備外，我們一行六人眞帶著一條自行醃製和手臂一般粗的豬五花、一袋時蔬、岩鹽、鍋具和一瓶清酒，便逐入山林，穿越踏行疏密林間，在地勢嶇蜒起落間手腳並用，最後以繩索垂降至溪底。但見腳下水向石邊過來冷，眼前一匹溫泉自山壁間披掛下來，升起煙霧裊裊。

野溪溫泉到了。

我們一夥人靜立於山水之間，腦袋想得全是豬肉香。

於是，有人覓得了一沉甸甸的、跟小頭顱一般的圓石塊，開始生火烤石；有人取鍋汲水，邊隨口問問不眞心在意的衛生問題；有人以河床爲砧板，在流水間切菜備料。待萬事具備，便要舉熱石入鍋。燒石入鍋霎時，「刷」一聲滋滋大響，衆人「哇」地驚呼，令人忘了是爲領受自然之美而來，抑或爲了貪食刻意爲之的野炊趣味而來。此般吃鍋野趣，樂之極，樂之甚。

三

台灣已然是鍋物王國。戰後來台的沙茶牛肉爐、酸菜白肉鍋；連結進補文化，充滿鄉土味的薑母鴨、羊肉爐、麻油燒酒雞；借韓國石鍋料理爲用的石頭火鍋；引介自日本的涮涮鍋、壽喜燒；冠以四川之名，實爲本土發展出來的麻辣鍋……多樣內容與形式又相互移植、拼貼，深入大街小巷、百貨商場，緊貼著都市生活的鍋之衆生，林林總總，爭奇鬥豔。並且，坊間寫鍋之發展源流、談鍋之文化群像的書籍文章也甚豐。

除了外食經驗，卡式爐、電子爐出世後，讓烹調與食用同時發生的火鍋，更輕易地與各種場景結合：飯桌上最簡單的家庭料理，朋友來家中聚會時最佳聯絡感情的活動，以及太多好玩的事情應運發生——操場、宿舍、教室、走廊，校園生活的青春記憶裡，總少不了一群人與火鍋胡鬧的美好時光。

優良的食材與湯頭，固能提升吃鍋的品質。市面上許多平價火鍋因爲成本考量，所附菜盤裡往往太多再製食品：小熱狗、麻糬、湯圓、各種魚板……，那樣的配料一來並無美味可言，二來也讓吃鍋這件事顯得太不自然，有減鍋趣。同時，世道也愈來愈把火鍋當作「料理」來對待，在食材、湯頭與醬料這三個使「鍋物料理」成立的要素上益發擺出花樣。然而太過強調高檔或珍奇食材，一餐下來所費不貲，愼重其事，甚至一旁還有服務生幫忙代煮，不免有失火鍋原原本本的隨興。

有好些人吃鍋講究。蔬菜先行，肉品殿後，蔬菜瓜果裡又有什麼先煮，什麼後下，金針菇只要煮幾秒否則咬不爛明天見，地瓜芋頭只要煮幾分幾秒，如此軟硬適中且湯頭不致混濁云云。浮油殘渣必撈，水位降至何處卽加湯。數據精準，理所當然，不但操使熟練，還樂於爲他人服務，善於問：「你豆皮喜歡吃硬一點的還是軟一點的？」這樣的人就是把火鍋當作「料理」來對待的人。心懷料理，故有品質上的講究。我雖不至於把整盒肉倒進鍋裡胡亂攪和，但也無法把火鍋吃得太過費心，往往是家人朋友能共治一鍋便覺尙美，若還能自斟一合好酒則更樂。

畢竟，我以爲吃鍋之樂，在於能衆樂，亦能獨樂的嘴巴邊嚼手一邊涮肉添菜加湯蘸醬的一逕有事情忙做著的煮食之樂。

台灣人還習慣一項珍惜食物不浪費而多少又摻入一點精算貪便宜心態，然外國人見了恐怕並不那麼理所當然的可愛文化：打包。熱鍋子輪過一輪又一輪，汗也擦了，休息也休了，最終還是吃不完。不要緊，整鍋湯料倒進塑膠袋，嘿，回家又是一餐。這也是火鍋「沒完沒了」之特性的另一項展現。

四

鍋物之食，若言料理，則在乎湯頭。然而老派人吃鍋，眞正關心的，則是話頭。

離開辦公室一身疲憊，與創業夥伴一起安靜吃日式小火鍋，乾淨溫暖的柴魚昆布高湯與食材能撫慰身心，令人興起鼓勵自己、鼓勵彼此的心意，憶起了初衷，頓覺回家洗個澡睡個覺，也是很踏實的一天。約個熟悉的「酒肉朋友」，真的拎一瓶紅酒，叫一桌酸菜白肉鍋，酒酣耳熱，扯幾番人生道理，求一晚不被吐槽的men's talk。分隔異地，久未碰面的老友，不妨找麻辣鍋，麻香與鮮鹹的口味，打第一口開始，就讓彼此的近況與回憶的話題沒有冷場。真有事得與某某商談，不如就到沙茶火鍋店，等待大盆湯鍋終於在炭火爐上滾起泡來之前，先把開場白和前情提要說完。小孩丟包給公媽爺奶的周末一日，夫妻倆不如攜手吃個壽喜燒，那鹹鹹甜甜的滋味，伴著薄肉一片又一片，青菜蘿蔔洋蔥百頁，多像兩人都懂的生活況味。或者，就獨坐迷你石頭鍋的高腳椅U型吧台，獨坐那極具個人式的單人小火鍋，獨思慢想，自我對話，啜一口愈養愈是精華的心靈高湯。

我又想起了野地裡的營火，火上含蓄內斂之鍋，以及與那鍋之熱源相互指涉的漫漫長夜——獨思慢想，親密交談，或只是寧靜地自在共處，這些或許才是老派人的鍋之真趣。

人間好食節

對都市上班族而言，節日之樂有二，一是不用上班最樂，二是有時間能和家人朋友見面。我們可以大方承認，節日如今對於現代人的最大意義，就是放假與團聚。是不是「每逢佳節倍思親」倒不一定，但能放假就是小確幸，也讓我們終於有機會見見許久不見的好朋友，或光明正大地假借陪伴家人出遊爲由，婉拒那些不願赴的約和不想見的人。

每個民族都有自己的節日與慶典，有些依循節氣農事，還有大半源於信仰，或因信仰而衍生出的常民活動。華人、東洋、朝鮮，印尼、馬來、暹邏，有些亞洲國家即便具有文化上的親近性，卻依舊發展出不同形貌的儀式和服飾，展現迥然不同的美學。而許多他族文化的慶典，如今也成爲異國旅人的風景，原本封閉於民族內部的節慶活動，都預備好了迎接善於追求多元體驗的異鄉人，張開雙臂歡迎你我的參與，而你我只要一張機票，就能享受不曾體驗的「跨國派對」。透過一個民族的節日與慶典，其實最能探觸到它信仰與文化的核心。

節日和慶典中也經常看得到食物，尤其愈是淵遠流長的傳統節日，愈是有必須吃點什麼或喝點什麼的風俗習慣。春節的團圓飯、端午節的粽子、清明節的潤餅、中秋的月餅、冬至的湯圓，還有那些細數不盡，伴隨節慶和祭祀活動的食物。人們費心準備，不外乎爲了逢凶化吉，離苦得樂，敬謝鬼神，結善保安。

雖然節日的誕生有它嚴肅的淵源與意義，但正因著這些吃吃喝喝的玩意兒，過節的壓力不但不大，還常常帶著歡樂的氣氛。

然而，並不是每個人對於過年過節的印象都是熱鬧與歡騰的。不知道從什麼時候開始，父親家族內原本彼此關係就較爲疏離緊張的親戚們，愈來愈少回老家團圓了。父親與他的兄弟姊妹們專注各自的生活，各念各的難念經。即便是農曆新年，也自行找時間回老家看看阿媽。我記得有那麼幾年的年夜飯，明明阿媽生了五個兄弟，但飯桌前就只有我們這家三口與阿媽一起吃飯。年少尚不甚懂事態的我只納悶，年夜飯什麼時候「退流行」了？

不曉得還有多少人的生活記憶裡，過年過節並不是一件溫暖的事？是不是因此，「不用上班」成爲讓他期待節日的唯一理由？

還有些人不過節。他不去跨年、不過聖誕，也不特別慶祝生日。他認爲這些什麼什麼節、什麼什麼日，不過也就是三百六十五天中的其中一日。冬至沒吃到湯圓不要緊，中秋也沒有一定要跟著大夥烤肉，情人節也不過，他說畢竟兩人若眞心相愛，何必專挑一天來刻意表現？

我們確實不必被動地讓節日來告訴我們該做什麼或該怎麼做，而買下百貨公司的優惠商品，或預定高檔餐廳的節日特餐。但節日有另一個主動積極的意義，就是爲自己的家人或在意的人，主動創造團聚的機會。

要在一個人的生命中構成會存檔進記憶，讓你會偶然想念的味道，一種是極度私密，總在孤獨時陪伴自己的食物或空間，但更大一部分是來自團聚共食，因爲與人互動連結而產生的美好時光。英文裡面的「同伴（companion）」一字，原是指「與人共食麵包的人」，以共享食物做爲彼此認可的表示。無怪乎人總是想要與家人、好友或那些你願意與他表示善意的人們圍成一團，大啖美食。

節慶食物並不像日復一日、安居習常的日常食物，經年累月自動儲存於記憶。然而，節日通常具備的飲食儀式，製造了家人間或朋友間的團聚。團聚，就會產生共同記憶，成爲在日後得以彼此分享的事件。人與他人一同享用食物，味覺記憶便在時間中應運而生，爲我們創造了共同的話題。

你看，有的人喜歡向他人重述某些事件，有的人是透過書寫記錄，有的人則喜歡透過拍照記錄。隨著網路與智慧型手機的發展，現在的人則可以用手機拍照，並且即時地上傳至社群平台與他人互動。重述、書寫、攝影，以及拍照、打卡、上傳到社群平台一樣，都是在爲自我的經驗塑造美好的紀錄，留下可以指認的標的：獨特經驗的標的、情感的標的、自我認同的標的。

每一年的清明節，妻子那邊的家族，包含大伯、伯母、四個姑姑、四個姑丈，他們的小孩們，以及小孩們的小孩，岳父岳母和我，一夥人全部齊聚在鹿港的家裡，有的切菜備料，有的開火熱油，有的張羅器皿，有的煮水泡茶。本日動員這樣的大陣仗，只爲了一件簡單的事：包潤餅。

前一天，家族裡的人便會先在手機群組裡認領好各自要準備的料。

當天大家陸續集合，像亮出自家門派法寶般地，將材料盛盤擺出，吸引著衆人目光。待諸料備妥，羅列於長桌，人員皆找到自己的立足之地後，大家張著自己的潤餅皮，開始夾料、鋪菜、撒粉，一堆筷子湊在一起七上八下，斟酌自己的，同時調侃別人的。先包好的人，開始大口大口嚼著自己的成果。誰個性保守謹慎，誰改不了貪多搶快，看他包潤餅便一目了然。大家邊吃邊吵，人多，熱鬧。突然有兒童問，爲什麼清明節要吃潤餅？大人們胡亂回答，眞眞假假。又有小孩開始取笑彼此包的潤餅皮破落餡，牽引著大人談笑起往年包潤餅的諸多趣事。

潤餅誕生自寒食節禁火舉炊的古老習俗，捲潤餅如今則成爲家族親人間親密的團體儀式。潤餅以薄餅皮，包裹多種春天的蔬菜和餡料，紅蘿蔔絲、高麗菜、韭菜、豆芽菜、小黃瓜絲、豆干絲、蒜泥、香菜、芹菜末、蛋絲等等。從餡料也能看出地域的差異，南部多半會包皇帝豆、麵條；中部多包肉臊、香腸切條；北部則多半包紅糟肉。糖粉和花生粉的用量，也因地區的口味而有不同。大家共同烹調，一起動手包潤餅，每個人依照自己對食材組合的味覺美感，組裝著自己的潤餅。

許多文化中，都有捲餅這種形式的食物。越南春捲、土耳其雞肉捲、印度香料捲餅、墨西哥捲餅，還有眷村式的牛肉捲餅等等，同樣都是將數種食材「捲」在一起，一個簡單的動作便營造出滿心的期待，當一口咬下，衆食材在嘴裡融合出多層次的滋味，碰，絢爛煙火！這樣簡單的美味，沒有別的食物比捲餅做得更好了。

捲餅意趣無窮，豐簡隨意，各自斟酌，在有限的材料裡，彷彿能變化出無限的風味，帶著即興創作的自由快意。捲潤餅因而成爲清明節最被期待的節目。

過節既是延續著傳統，也在現代生活裡重操起老派的活兒，尤其這些共同烹調、共同分享的傳統節慶料理，讓長輩有機會爲他們的後代訴說自己的故事，也讓孩子能親近老者，上演著跨越世代的同樂會。它並非日常，卻是一個家庭趨近完整的時刻。

芳香

松哥
拉仔麵
礦肉飯
大腸頭
骨仔肉
隔間肉
粉腸
生腸
小腸
大腸湯
綜合湯
丸仔湯
豆腐湯
猪血湯
營業時間:早上06:00至晚上10:30

Nikon

輯二

日常啜飲之道

不喝愛情釀的酒

上課鐘響前，我走進教室，擠過間距狹窄的課桌椅間時，把她擺在桌上插著吸管的深色玻璃瓶裝飲料撞倒到地上去了。桌面離地面距離不高，力道輕，那玻璃瓶只發出悶悶的「啵」一聲破裂，滲出一些液體來，並沒有整個碎裂噴濺一地。我趕緊道歉，並表示下課後去福利社買一瓶還她。她一派輕鬆地說沒關係沒關係，不要緊。用衛生紙把瓶身包紮了一下，便繼續擺在桌上。

我看了看那飲料瓶子的包裝，發覺風格和一般超市陳列的飲料不同，乍看類似某一種漢方飲品、青草茶或能量飲之類的。而它的名字充滿古意，像國術館或中藥坊。初見那形象，我以爲那飲料是苦的、是爲提神而喝的機能性飲品，並沒有對它產生興趣。

我的注意力全在那飲料瓶上的名字，居然沒有問這位女孩的名字。她對著在斜前方坐下的我說：「嘿，這很好喝耶！你要不要喝看看？」出於害羞，我當下沒有答應這禮貌性的邀請。

那飲料我沒喝，後來也沒有去福利社買一瓶新的還給她。但我們愈走愈近，常常下了課約碰面吃飯。

那年生日，她用水彩畫了一幅我的肖像畫送我。收到這樣的禮物令我感到驚訝，看著那畫，心裡其實有些尷尬。我對那幅Ａ４大小的水彩畫並不以爲意，回宿舍後把它放進Ｌ型透明資料夾，收進抽屜裡。

後來我們各自有了戀情，但依舊維持著友誼。而我始終沒有嘗過黑麥汁的味道。

大學時代我鍾情於詩，先哲的理論讀一讀，突然感覺詩意，便會拿出筆記本作詩。而黑麥汁女孩總是抱著很大一本「水越設計」的空白手記本在畫畫。

有一回，我窩進系上自修室讀書寫字，室內人不少，她也在。中間我因爲擔任系上評鑑助理的事務被召去系辦而暫時離開自習室。回來時她人已離去。我桌上攤開的筆記本上是一首我起了頭的詩作，隨意擺在上面的UNI PIN黑色簽字筆竟多了一支。我納悶地坐下來，發現筆記本上寫了兩行字：「詩未成／筆已生了一支」。

畢業後，她成了專職插畫家，結婚，生了孩子，又離婚。那款330 ml矮胖茶色玻璃瓶裝，以馬口鐵皇冠蓋密封，像一支比利時修道院啤酒的黑麥汁，我還是沒喝過。

市售的黑麥汁是由炒熟的大麥、啤酒花與水釀造，和製作啤酒相似，唯黑麥汁在澱粉轉換成單醣的階段便停止發酵，因此不含酒精。有的會加入焦糖上色，爲了更好喝，會再加入高果糖漿和碳酸水。台灣早期的黑麥汁由一貫道團體「發一崇德」自德國引進，以健康養生爲訴求，強調它富含的維生素與營養價值，原是服務道內吃素的教友。

我要到離開校園很久以後，才終於嘗到黑麥汁的味道，眞的好喝，是一款甜甜的、風味獨特的氣泡飲。自冰箱取出來，倒入裝滿冰塊的玻璃杯裡暢飲，眞快樂。它和啤酒本是同源，很多人拿兩者的口感來比較，但我個人將它視作可樂、黑松沙士、麥根沙士那類由植物萃取物賦予風味的碳酸飲料來享用。運動後大汗淋漓喝一杯，過癮。

下次若有機會碰面，我應該帶一瓶黑麥汁去見她。也許她會說：「什麼啊，現在才還我嗎？」也許她會說她已經很久沒喝，現在覺得太甜了，也或許她壓根不記得黑麥汁的事。但我們的友誼倒是釀出了一點黑麥汁的風味，停在一個微甜、發泡的階段，能任我在回憶裡增糖、打氣。若再往下發酵，恐怕就要令人醉、就要生出苦來。也許更酣暢，也許難免宿醉頭痛。

不喝愛情釀的酒，我們用黑麥汁爲往事乾杯。

一起做工的人以及我與他們喝過的飲料

一

一個行程滿檔的周末，準備開車送一批貨，正逢中午，因時間稍趕，便進超市抓了一瓶罐裝咖啡，敷衍自己無甚食慾的胃口。

台灣的罐裝咖啡比我年長，一九八二年第一罐伯朗咖啡上市，比星巴克的拿鐵早了十幾年開始以調和咖啡接觸台灣的市場。我真正注意起罐裝咖啡，要到旅行日本時，在京都喜歡上了投販賣機罐裝咖啡的感覺。纖瘦而秀氣的瓶身，又不乏簡單好看的設計，味道也不過度甜膩。早起投一罐，在車站旁的麵包店站著吃完後上路；途中稍歇片刻，見販賣機，投一罐，靠著欄杆配著風景喝；晚上回到民宿無聊，走去巷口的販賣機投一罐，嗅一嗅安靜整齊的夜。

手拿一個罐裝咖啡，跟手拿鋁箔包或塑膠杯都不一樣，它更具實感。雖然是從簡圖方便卻不隨便，它應該要讓拿著它的人像拿著一個好看的杯子或保溫瓶，應該要讓拿著它的人看起來有型，日常風景裡顧盼、啜飲，有一種漫不經心的瀟灑。所以它的大小、胖瘦、容量和外觀設計，與他的口味同樣至關重要。

平時我沒有喝罐裝咖啡的習慣，倒是在高雄工作的那幾年忙得沒日沒夜，罐裝咖啡在不經意間會默默出現。它含高糖分、咖啡因，取用快速不必等待，自然地成爲沒空吃飯或沒胃口吃飯時的選擇，止飢、提神一次搞定，是習慣忙碌的人給自己找的好理由。

多年後當我竟又從架上取下罐裝咖啡時，我想起那些曾一起做工的人，以及我與他們喝過的飲料。那一年，我背著一台Canon 5D單眼相機，捲著袖子和師傅們一起在高雄的烈日工地中走跳，拍照記錄，學習各種施作，白天幹身體活，晚上動企劃腦。

遇上頭一個喝罐裝咖啡的工人，是凱仔。凱仔是在地工程公司的負責人，總是穿著「天上聖母」的上衣。其實他有個頗文雅的名字，叫湯志傑，但大家都管他叫凱仔。凱仔領著自己的母親、一班孩子，一架山貓仔（鏟土機的別稱），幾副不同型號的怪手，負責一切動到土的大排場，整地、挖洞、拆除，說到「大興土木」，看著他就對了。

凱仔是我的第一個語言交換者：當然，是台語。人很親切，也很愛找我嘮叨工程的事情：難免，工程經常會出現一些「額外」的工作，也都是他去搞定的。凱仔菸抽得極凶，眼白都變成黃色的。有一次問起吃飯和生活的事，他搖搖頭，工作無定時，一天往往只吃一餐，早上大多一罐伯朗咖啡就上工了。

「做這行都短命。」他說。

工作期間，他也喝無糖綠茶。

剛進工地的時候，不大懂師傅們的吃喝習慣，中午叫便當，總是考慮要請他們喝什麼飲料。後來發現不用傷腦筋，無糖綠茶就好。

大太陽底下勞動，他們習慣一天一大杯手搖飲料店的廉價綠茶，凱仔一休息就跑去幫大家買，常常也會有我的份。我往往禮貌上在他面前喝一兩口，就拿去倒掉了。凱仔話多，菸不離手，見到我總要笑嘻嘻地小劉來，小劉去一番，有空就教我開怪手，連放假帶老婆去鹿港走走也要同我分享。

有幾天，凱仔突然收起笑容，玩笑話也不講了。一問之下，原來半夜載著怪手去氣爆現場支援了。

「看了會艱苦（kan-khóo，難受）。」他說。

二

還有做土水工程的三人檔——老蔡和小蔡父子檔，外加一個沉默寡言，皮膚黑得發亮，永遠赤裸著上身的老師傅。他們太像一家人，我私底下都直接喚他們「三蔡」。三蔡不必喝外頭的飲料，他們各有自己的保溫瓶，裝人參茶，累了就去場邊喝一口，養生。

小蔡樣子憨厚，笑起來靦腆，文質彬彬的，做起事來一絲不苟。有小蔡在，我的工地台語聽力練習終於可以稍微休息一下。工作空檔，小蔡會耐心地站在我旁邊跟我解釋綁鐵仔、放樣、做版模，到灌「南媽控（lam-má-khóng，預拌混凝土）」的工序和細節。

小蔡說：「蓋房子是很偉大的工程。」

自從知道我大學念的是哲學後，他就開始問我王陽明和朱熹，想確認自己對宋明理學的理解。我萬萬沒有想到，畢業離開校園後，再度進行不同專業領域的學術交流，會是在機具夯夯作響的工地中，當著煥烈的日頭和飛揚的塵土。小蔡說喜歡讀思想，沒工的時候就往屏東家附近的圖書館跑，有什麼讀什麼。

小蔡說：「哲學是很偉大的學問。」

梅雨季一到，雨常常來的漫長又綿密，工程只能暫停。一次早晨，工程會議結束，雨直通通地下著，沒有打算停。我撐傘從外面巡察積水狀況回來，見老蔡和小蔡兩個人安安靜靜地坐在公共空間的書架旁，一人一本，低頭閱讀《資治通鑑》。我把傘收了，再往他們的方向走近確認了一次，沒錯，是我們架上的資治通鑑，沒看錯。兩蔡的臉上掛著我只有在看漫畫才會出現的專注神情。

我端了冷掉的咖啡過來，在窗邊的沙發歇一會。整個左營安靜地只聽得見雨的聲音。小蔡發現我，走過來點點頭，扭開他的保溫瓶吹一吹煙。我問他喝什麼，他說：「人參茶，養生啦。」

三

三蔡和本名湯志傑的凱仔，這「三菜一湯」，是我在南方工地見學期間很懷念的人情味。不過，這段創業過程中相處最密切的，還是我亦師亦友的老闆。他也有自己的保溫瓶，又高又胖，阿魯米瓶身帶深綠色的環邊，裝著太太爲他準備的「蔬菜茶」，我頭一次看到有人這樣沖泡蔬菜當茶。茶喝完了，泡軟的蔬菜直接倒進嘴裡吃掉。這種「飲料」，想也知道，養生。這麼大罐的愛，他卻常常扔在車上，難得隨身拿下來了，走時又忘在辦公室。

比起蔬菜茶，他顯然更愛精品咖啡。開會第一件事情就是先呼喚誰去搞個咖啡來，不管是準備描繪如天邊雲彩的願景或是要商擬解決腳前荊棘的對策，都先手沖一壺咖啡來再說。衣索比亞、瓜地馬拉或屏東德文部落的都好，沖好的咖啡要分倒至一個個小小的濃縮咖啡杯，跟每一位與會的人分享。

有手沖咖啡，也有手作甜點。

我唯一學會的手作甜點只有提拉米蘇。一層手指餅乾，一層鮮奶油，再一層手指餅乾，再一層鮮奶油。

因爲待過工地，後來在製作提拉米蘇都會故意拿工地術語來形容各個步驟：只要鮮奶油、馬滋卡朋、橙酒、手指餅乾，以及「枋模（pang-bôo，板模）」擺出來，並開始壓製濃縮咖啡，大家就知道，今天又要「做土水（tsò thôo-tsuí，施作水泥工程）」了；用毛刷將調入橙酒的深色濃縮咖啡液刷上淺色的手指餅乾是「做油漆（tsò iû-tshat，油漆）」；在一層鮮奶油上鋪上手指餅乾是在「貼 thài-lù（磁磚）」；將馬滋卡朋和鮮奶油攪拌融合，用抹刀平抹在手指餅乾上就親像在做「西阿給（日文「しあげ」發音，指水泥粉光）」；冷藏一夜後，每一塊蛋糕要切幾「san（日文「センチ」發音，指公分）」都要注意。

南方工地見習，還得兼開三噸半貨卡車。

經常，在吧台沖完咖啡，或和老闆會議後；企劃寫一半，或布展前夕；和會計確認帳務的空檔，或活動執行工作剛指派完，我便接著起身出門，開三噸半去協力廠商那載設備。公司裡代號 A 車的三噸半貨卡已年邁，經手過無數習慣不同的駕駛員，變速箱大概快壞了，入檔永遠很卡，讓我一直沒練就操桿自如，大路上淡定飆百里的境界。

停好卡車，被協力廠商的總經理邀進了辦公室小歇，他一條平頭老漢子從冰箱拿出一罐瓶裝飲料遞給我。

我一看，又是無糖綠茶啊。

日常啜飲之道

一

飲料，是喝水以外，最直接的水分攝入。一旦不渴了，我們就會停止喝水。但我們卻會隨心所欲地喝飲料。著名的《味覺生理學》（*Physiologie du Goût*，又譯《廚房裡的哲學家》和《美味的饗宴：法國美食家談吃》）一書中，作者薩瓦航（Jean Brillat-Savarin）將口渴區分爲潛在渴感、焦灼渴感和人爲渴感。潛在渴感讓我們即使身體水分尚屬平衡，也能隨時喝水。我們吃飯時並不感到口渴，但也能喝下水或飲料。焦灼渴感是潛在渴感遲遲沒有得到緩解所出現的燥熱焦灼。至於人爲渴感，是人類專屬的渴感，它是奢侈的，無窮無盡。它使世界各地的酒鬼，不喝到酩酊大醉，不善罷甘休。茶、酒，還有咖啡，做爲國民飲品，橫跨千年，如今無比日常。我們喝這些飲料，說穿了，喝的主要正是這份奢侈。

飲料，同時滿足生理需求和口腹之欲，又在人與人的社交上，扮演了彌足重要的角色。紀伯倫在散文詩《先知》中寫道：「盛滿彼此的杯，但不要同飲一杯。分享彼此的麵包，但不要共食一條。一同歌唱舞蹈，共享歡愉，但要有獨處的時間。」飲食成爲詩人頌揚理想關係的譬喻：要能豐富對方，彼此分享，共同歡樂，但同時保有獨立的自我，不從別人那裡需索自我的快樂。

在這樣的理想生活裡，飲品是很好的夥伴，點綴著我們的日常，又協助聯繫著人與人的情感，值得細品，善用。有些飲料宜於獨飲，有些飲料則非常適合分享。宜於獨飲的飲料，與日常作息相左，展現個人的品味與偏好；適合分享的飲料，則要經常拿來獻寶或以之示愛，當作行走江湖的葫蘆神仙藥。

飲料的獨飲與共享性，本自具足，自成道理。

獨享之飲

適合獨飲的飲料最宜融入日常生活。

老城市人最熟悉「紅茶冰」。紅茶冰宜於獨飲。一袋或一杯，都是吸管插著沒一會兒就喝完。若住在市場附近或老城區一帶，便很容易遇上紅茶冰的攤子，養成飯後一杯紅茶冰的習慣，女孩子怎麼地體重就增加了。

紅茶冰爲什麼叫紅茶冰？與冰紅茶有何不同？紅茶冰之冰，所加的是碎冰，而非冰塊，能邊喝邊入口咀嚼。我個人猜想，紅茶冰的本意是吃冰，紅茶爲冰之調味。冰紅茶則本意是喝紅茶，加入冰塊是將之轉做冷飲。不曉得我的推論是否正確。

這項喝含糖飲料的消費習慣，在經歷八〇年代泡沫紅茶的大風橫掃，如今給四處林立、變化多端的手搖飲料店給取代了。或者說，那林立四處，多端變化的手搖飲料店正是爲了攫住這習慣而出現的。中學生、大學生，乃至年輕的上班族，當中若有什麼人不管什麼理由地想嘗點小甜頭慰勞或取悅一下自己，就見他左鄰右舍地問：「要不要叫飲料？」

手搖飲，早成了都市人的小確幸。飲料來了，大家一人一杯，一杯一種，獨飲。斷不會有叫一杯珍奶十個人分的情勢。

義式咖啡也宜於獨飲。

我在外面的咖啡館多半喝黑咖啡，喝老咖啡館們用塞風煮的綜合或曼巴，用白色的瓷杯盤端過來；或選擇手沖，喝烘焙得淺一點的非洲豆或中南美洲豆，用店家不知道哪裡蒐集來的好看杯子奉上來。喝義式咖啡，我則鍾情Espresso或Cappuccino。獨自吃完一盤風味道地的義大利麵，需要一杯Espresso；一早起來正好今天感覺想吃點烤吐司塗抹法國手工發酵奶油，則必須還有一杯Americano；工作空檔，有人是出去抽根菸，我則出去覓一杯Cappuccino。如果正好你所在的城市開了那麼多咖啡館，走幾步路過去，點一杯義式咖啡坐下，喝完了就離開，是多好的一種午休。

義式咖啡之樂是獨飲的快樂：Espresso濃縮的30 CC飽滿風味，或Cappuccino杯面細緻的奶泡與拉花，都只容得下一張嘴享用，沒有分給別人的餘裕。義大利人早上走進咖啡館，站在吧台立飲一杯Espresso便離開，那是整個民族的文化生理需求，也是日常工作的啟動儀式。

調酒也宜於獨飲。

調酒是一種混合味覺的創作遊戲，喝調酒的樂趣也在於在界線模糊的規則下，體驗各種風味組合的成果。

我到酒吧去，經常點「Old Fashion」這款經典調酒，由波本威士忌或裸麥威士忌，加上方糖，幾滴苦精，和一點點氣泡水。它是「雞尾酒（Cocktail）」的理型：烈酒、水、糖，和苦精，體現了調酒的基本定義與結構。說穿了，Old Fashion就是甜中微帶苦味的威士忌，它的簡單造就了它的不朽，是令人持續喜愛的老派大人味。

不管點的是經典調酒，或是酒保自信的創意調酒，調酒是多種液體在一個杯子裡完成的藝術，或可林杯（Collin Glass），或馬丁尼杯（Martini Glass），一人一杯，一杯一種，獨飲。與不介意同杯共飲的同桌友人交換各自的酒嘗嘗，試試味道。嗯，試完了，又還給對方，喝著各自的酒。不像瓶裝酒可以分杯共享，都會酒吧的調酒，本來面貌是現場卽調卽飲，單杯獨飲的，斷難期待有人在外頭聚餐時從背包裡抱出一小甕Mojito或Piña Colada，吆喝著爲大家斟上。

至於台灣以前自助餐會中常見一大缸「雞尾酒」，擱著一根長勺給賓客自取，以及近年取消了具觀賞性質的「現場製作」之步驟，而改將調酒預先調和冷藏，並以生啤酒的拉霸快速出杯的經營模式，則是調酒今昔有志一同的智慧轉型。

獻寶之悅

再說適合分享的飲料。

適合分享的飲料最宜經常拿來獻寶，沒事聯絡一下感情。好的飲料讓人忍不住想獻寶。你去看那些眞正愛茶、愛酒、愛咖啡的人，很少是不愛分享的。獻寶是值得鼓勵的特質，它讓一個人好客、大方，從施予的過程中，培養出款待的心意，讓快意與酣暢的時刻得以出現，當下體悟孟子說「獨樂樂不如衆樂樂」的眞諦。

於是，身邊有那麼一兩位愛茶、愛咖啡或能解杜康之情的朋友，是何其有幸的事。且聽：「來泡茶喔」、「來我家喝咖啡」、「走，喝一杯」。不論是從他們的口中或是自己的口中說出來，都是多麼悅耳的邀請，令人滿心期待。

你若知道他平常僅會喝量販店買的大包咖啡豆，就到屬意的自家烘焙咖啡館去挑一包豆子，作客時帶去給他。他一沖你的豆子，心中驚喜，邊喝邊「欸……」邊盛讚你的好品味邊問你：「這豆子哪裡買的？」你的虛榮心完全得逞。你若知道他平常喝慣文山包種或魚池紅茶，就裝幾克你罐子裡那極好的大吉嶺春摘茶去給他，微帶麝香葡萄風味的乾淨清香出其不意，他邊小口啜飲邊「嗯……」邊盛讚你的好品味邊問你：「這茶葉是哪裡的？」你的虛榮心再次得逞。這是客中現寶之樂，分享之悅。

若是自己在家煮製飲品，除了日常裡獨享，也適合裝在保溫瓶裡，找個人分享。自宅飲料儀式，除了煮咖啡，我也愛鍋煮奶茶。取琺瑯小鍋，將水煮滾後，倒入大吉嶺阿薩姆、錫蘭烏巴或任何願意嘗試的茶葉，轉小火煮三十秒至一分鐘，始香色散發——不宜過久，以免味澀。然後倒入牛奶，保持文火至溫熱，一樣約一分鐘左右，不使奶腥味產生爲佳，離火濾掉茶渣。我喜歡飲用時再自行加入二砂或鸚鵡牌蔗糖熬煮的糖漿，每人甜度喜好不同，也有人喝奶茶不加糖。不提前於煮茶時加入糖，讓奶茶更宜於分享。

我鍾愛保溫瓶，覺得它應該成爲每個人的標準配備，裝自己鍾情的飲料。保溫瓶要自己覺得好看，看了歡喜，願意常常把在掌上，隨興所喝，補充水分。早上沖好了咖啡，倒進保溫瓶內，陪伴一天的開始；選一款喜歡的茶葉，扔進保溫瓶，邊喝邊添熱開水；煮了一款新的烏巴鮮奶茶，裝在保溫瓶裡，到處叫人家拿杯子來喝看看；而家裡也永遠有多的保溫瓶，可以將自己鍾情的飲品多煮一份裝在裡面，當作給親密友人或家人的日常分享。我有一位朋友別的不喝，唯視鮮奶茶如命。他有一陣在台中籌備新店鋪，店址正好在我家附近。我當天若煮了奶茶，便裝一份在保溫瓶裡，帶去探班。

保溫瓶正是爲了保持熱度，或保持冰度，這是多麼美好的功能。你若終於約到「她」看電影，入座後，不妨從背包裡拿出兩個事先塡滿冰塊的保溫瓶，在驚喜中，緩緩將清爽的德國檸檬啤酒倒入，一人一瓶，旋轉著讓酒變得沁涼。隨著燈光變暗，你一手啤酒，一手她的手，彷彿回到十七歲。

老派咖啡館——一座現代城市的居心地

一座現代而理想的城市，樂意人們去散步它，去表達在它裡面生活的樣式，也樂意讓它的市民不必太費力地便能擁有一條街、一間咖啡館、一個座位。那街他每天都樂意去走；那間咖啡館，他每天都樂意去推開門；那個座位，他每天都樂意去坐上半晌。這並不容易，可沒有人知道它不容易。它不張揚它的難得，就靜靜地讓人去走、去坐。這是一座現代而理想的城市溫柔的地方。

一個理想的市民，也樂意用心去觀看它、嘗試它，心領著它無時無刻發出的邀請，然後建立起一個又一個小小的、微不足道卻又安靜快樂得不得了的，屬於自己過生活的格調。

老咖啡館裡的人情日常

理想的城市要有理想的老派咖啡館。

推開老咖啡館的門，能立即感受到和一般咖啡館最大不同的是，熱鬧。有白著頭髮的老夫妻對坐交談；有老同事相聚在此；朋友和家庭揚言、歡笑；一群懂得打扮自己的熟齡姊姊進行熱切的台語早午餐聚會；禿頭的阿伯坐室外抽菸滑手機，另一個禿頭阿伯則坐室內角落，讀報喝咖啡。店家幾乎和每個坐著或正走進店裡來的客人都認識，說著「今天也是一樣嗎？」「今天爸爸沒有一起來？」又見兩個阿姨一前一後相繼進來，見了對方說一聲「你今仔日較早（你今天比較早）」做為開場白。凡此「今天如何如何」的招呼問候語，你一聽就知道，他們全是熟客，恐怕天天都來。而這些熟客們經常在此相遇，終於彼此也弄成了舊識一般，桌與桌之間閒話三兩句家常。給這親切的氛圍環繞，自然地就放鬆下來。

下午一點四十分左右，附近國小的小學生成群結隊地放學，背著多彩的大書包，拖著多彩的小行李箱自窗外經過，窗外的路街頓時充滿接送的車潮，然一晃眼又恢復安靜。朋友、菸友、熟女、母女在此相約，用一杯咖啡或一頓午餐的時間聊聊煩惱股票兒女經。此般消磨時間之道，族繁不及備載，日復一日，又一日。

這就是老咖啡館，引渡日常，熟成故事，吐納風景。

上咖啡館，吃飯

還有一些聲音，在老咖啡館裡是不會錯過的。若在高雄「小堤咖啡」，闆娘二姊一見你就先用台語問：「食飽未？」接著準備問你荷包蛋要不要全熟。若在台中「巧園咖啡」，小楊哥會對遊走外場的妻子交代：「王董那邊要兩個七分（代表飯菜量）」、「何老師三個，一個不要蛋。」也就是，老咖啡館是日常的早餐店，而到了中午，幾乎每一個走進這些超過三十年咖啡館的人，都是來吃飯的。

現煎荷包蛋與火腿、吐司（或厚片，或兩片薄片。通常有奶油、花生、草莓、奶酥等口味可選擇），以及一杯黑咖啡——這樣的組合是台灣老派咖啡館約定俗成的早晨食光。台北的蜂大咖啡如此，南美咖啡如此，高雄的小堤咖啡亦如此。士林的南美咖啡則爲水煮蛋，不附火腿而用厚片吐司，顯然是爲了避免油煙作業。這樣的經典組合，價位上僅一杯咖啡的錢，展示一種點咖啡附贈早餐的超值服務，與日本名古屋喝咖啡送早餐的型態相同。而由早餐的組成內容來看，應是美軍駐台時期影響之遺留。太陽蛋與火腿淋上醬油，口味立即在地化。

商業行銷上，咖啡館除了發展出喝咖啡送早餐的服務型態外，台中華泰咖啡再進一步推出了「喝咖啡送餐盒」，來店點一杯咖啡，就送一份簡單的餐盒。老闆陳鷹郎先生告訴我，爲了擴展客群，能推廣自己自信的咖啡飲品，便以點咖啡附送簡單餐盒的方法來吸引客人上門。隨消費水平改變，咖啡逐漸普及，餐點也益發豐盛，終於反客爲主，成爲客人主要上門光顧的理由。

華泰咖啡除了每日變化主菜的招牌飯盒，如今也提供固定的餐點品項供客人選擇。「巧園咖啡」則單純走無菜單路線，飯盒一個兩百元，每日變換菜色，連同一魚一肉總共七道菜，精采美味。這些老咖啡館的午餐，將用心製作的台式家常便當菜，盛裝在長方形的日式分隔飯盒，展現一種舊日之風潮，延續至今。上咖啡館吃飯，就像走進自家的飯廳，用上一頓親切平常的午飯。

當我想好好地吃一頓輕鬆但不隨便的便飯，腦海中首先想的，總是這樣充滿家常魅力的咖啡簡餐。台北蜜蜂咖啡、高雄二元品嘗咖啡、尙品咖啡、挪威森林咖啡館，都曾撫慰過我在異地工作的疲憊身心。

老派咖啡館也有不提供飯食，而供應西式輕食者，例如台中的中非咖啡。中非咖啡原初以「中菲行」之名成立，專營咖啡豆批發。長型的歐式吧台立著數組塞風壺，咖啡在壺裡翻滾，有手在上方畫圓攪拌，溫暖的圓桌木椅、玻璃燈罩的古典銀行燈、白瓷咖啡杯，店內流洩著弦樂四重奏、長笛二重奏或鋼琴協奏曲，玻璃的古典造型桌燈溫暖著每一張面容。臨窗，椅背高過脖子的情人雅座延續著前一個時代的風雅。窩進座位裡，就像窩進一個又能專注自我又能放眼雜觀的小世界，適合獨處，也適合約會談話。相異於華泰咖啡、巧園咖啡提供「日皮台骨」的飯盒，中非咖啡供應的是西式的三明治、沙拉、厚片吐司和鬆餅。我曾在中非見一個阿媽將裝著菜的推車菜籃安置一旁，想必是剛去第五市場買完菜後，過來吃一份三明治。

在日本，因爲西化早，咖啡館裡的咖哩飯、奶油厚片吐司配沙拉、義大利麵早已成爲日本人的日常。老先生老太太一片祥和地啃著三明治，用湯匙慢慢地扒著咖哩飯，啜吸著白白的瓷杯裡黑黑的咖啡，已經是很美的風景了。那是一個世代的脾胃對冷食的接受，也不再堅持要吃米飯之後得以出現的場景。原來，台灣也有這樣的風景，就在老派咖啡館。

綜合，才是人生的真滋味

咖啡開始走出西餐廳，也開始擺脫色情粉味，出現專賣咖啡的專門店，約莫是一九六〇年以後的事。初期多是咖啡豆批發商兼營咖啡品飲空間。以台中而言，民國五十六年，第一間專賣咖啡的「南美咖啡」開業。也就是有了專門爲了喝咖啡而去的場所；民國六十四年有「省都咖啡」開業；民國六十六年，「中非行」成立；民國六十八年，「老樹咖啡」開業。開始讓咖啡館出現餐盒的「華泰咖啡」，則於民國七十三年開業。這些咖啡專賣店在開放式的長吧台後，用虹吸式的塞風（Syphon）咖啡壺沖煮自家調配的混和咖啡豆、藍山、黃金曼特寧、曼巴……，這些名字，印證著二、三十年前的深烘焙咖啡美學：「塞風」咖啡壺自日本引介入台灣，日系的「蜜蜂咖啡」、「眞鍋咖啡」一度林立於城市街頭，國內流行起以虹吸式的方式煮製的專業咖啡，要價不斐，標示著階級的品味。

塞風壺要求控火、控時、聞香、攪拌等技術，操作本身又帶著表演性質，咖啡的專業性因此建立。長時久煮，還是短時快煮？什麼時候攪拌？怎麼攪拌？關於如何煮出好咖啡，各門各派，各自爲政。相同的是，那是深焙豆當道的時代：黑湯油亮，香濃滑順如絲綢，一種苦中見甘醇的審美觀。

台灣第三波精品咖啡風潮，代表著大衆化濃郁風味之深焙到表現單品咖啡特性之淺焙的品味轉變，代表長久以來，對咖啡之酸的誤解得到平反，代表飲者對咖啡原初、細膩風味的回歸與追隨。

一如葡萄酒和茶，特定的風土氣候條件爲咖啡孕育出不同的風味。花香、果香、酒香、榛果巧克力味、木質、奶油味，它有時世故，有時善變。入口芳香，餘韻甘醇，像一支舞。另一杯來自亞洲的咖啡豆，竟嘗出辛料的深沉和甘草的滄桑，可喻人生，堪比微笑含淚。

藉由對不同產地、莊園、處理法、烘焙程度和沖煮技術的認識，都市人在咖啡裡體會了能豐美驚豔，能清雅如茶，能在味蕾上與多樣風味對照的品飲經驗，咖啡的魅力被充分地體認。許多咖啡業者親跑產地，參與年會和杯測，站在國際咖啡動態的第一線。自家烘焙的經營者更不在少數，他們對生豆的挑剔、烘焙深淺、濾泡或虹吸式萃取方式的選擇，反映著他們對咖啡風味的態度和喜好。藉由酸度、甜度、香氣等大致的味覺分類依據，也方便消費者認識選擇、購買咖啡豆，在家自行沖煮。

精品咖啡猶如一支當代派系，自成一格，帶領飲者追隨與回歸「單品」的風土之味。而老咖啡館裡的塞風咖啡，則始終保有六〇年代的深焙調和咖啡魅力，老派人無不留戀。

我有一陣子鍾情於精品咖啡的風味。一有機會去到外縣市，就去搜尋那個城市傑出的咖啡人及其咖啡館。似乎患上癮似地，爲了要尋獵不同產地，經不同咖啡人之手所呈現出的不同風味，而進行著巡禮式、游牧式、考察式的喝法。然而味蕾的遠遊再豐，好像只有那個性不必太鮮明強烈的調和咖啡（blend），更能與尋常生活相佐。終究，我還是回到了老派咖啡館裡，點一杯綜合咖啡，並自我揚言：綜合，才是人生的眞滋味。

老派咖啡館是城市的居心地

在日本建築師中村好文的文章中讀到「居心地」這個日文名詞，大意是指「感受到安心的居所或角落」。老派咖啡館就像城市裡的居心地，它是老都市人的早餐店、飯桌與小客廳。坐在這裡吃早餐，享受咖啡是一段令人無比自在安心的時光，因爲這裡圍繞你的一切，都是經過時間所熟成的人間條件：老店與老客人、老相好、老朋友與令人眷戀的老味道。

閱讀城市裡的老派咖啡館就像閱讀散文，一篇一篇編輯過的日常或非常，不是大山大水，但有滋有味兒。在老派咖啡館裡，能看見市民對異質元素的接受度與包容度，發現複合的生活體驗被時間接受，成爲城市日常的一部分，也生活成一個人的一輩子。見老先生老太太帶著自己的兒子女兒同坐在咖啡館裡，顏色、氣味、線條、光影、聲響正無形中悄悄進入孩子的記憶。有一天兒子女兒長大了，也會帶著自己的兒子女兒來，又是另一輩子。

味道在時間裡延續，品味在世代間傳承，生活積累成歲月，歲月濃縮成文化。

咖啡老靈魂——曼巴、藍山及其他

有一次和老同事Sunny約在台中西區畢洛亞咖啡敘舊（這裡也是我日後與妻第一次見面的地方）。我點了一杯曼巴咖啡，Sunny看著我，嚷著：「好老派喔。」

曼巴咖啡

我開始在咖啡館學煮咖啡時，煮得最頻繁的，因緣際會，就是曼巴。後來聽台中「華泰咖啡」陳鷹郎大哥說，他當時調配這支咖啡，是「獨挑巴西之平穩，和曼特寧之奔放」。

我心想說得眞好，咖啡確實有個性，我第一次喝到淺焙的衣索比亞耶加雪菲，感覺它明豔地像個模特兒。

曼巴平穩，又有其奔放，也許就如陳大哥對咖啡的熱情，又或自我之寫照。陳大哥給我的感覺也是，英挺、務實、說話沉著，明明是名武將，卻渾身雅性。

總之，用塞風壺煮一壺曼巴，倒入白瓷咖啡杯裡，黑湯表面忽現忽散著咖啡煙，那熱度、沉穩的形象和香氣，就是我對咖啡最早的自我投射——彷彿聽到有人在我的告別式上說，他一生的氣質，就像一杯曼巴咖啡。甚好。

曼巴，還有曼特寧和藍山咖啡，這些早年流行的單品咖啡，我除了親手在打工的「4C咖啡」煮過，最早的記憶還包含父親在家中廚房煮塞風壺的身影。他早年留學德國四年，咖啡當水喝。回國後正值塞風壺流行，自然也學著煮起塞風壺。他煮起塞風咖啡自信滿滿，眼裡有光，嘴角帶笑，散發與人分享的熱情。這些年隨著咖啡潮流多用手沖，並且自行摸索烘豆，聊以自娛，塞風壺則只有在和老同事聚會時才煮。

反倒是我，藉買了士林南美的綜合豆，重新把我那把用了好幾年的Hario塞風壺從櫃子裡拿出來煮。拿著攪拌棒在上壺聞香，覺得非常快樂。

虹吸式咖啡

一上一下的塞風壺──直立式虹吸咖啡壺，大部分文獻記載，是由德國人Loeff於一八三〇年發明，用來製作分子化學的酒精飲料。

另一個故事是，法律出身、也拉小提琴的Anton Felix Schindler是作曲家貝多芬的貼身助理，並出版了第一部貝多芬的傳記。這部受到爭議的傳記中，記錄了貝多芬每日早晨必喝咖啡，並且堅持使用六十顆咖啡豆進行萃取。而他所使用的「玻璃咖啡壺」，據推測，正是直立式虹吸咖啡壺的原型。也就是說，早在貝多芬過世的一八二七年以前，直立式虹吸咖啡壺已然存在。不過，要到一八四二年，這種咖啡壺才由法國人Madame Vassieux取得專利並商業化。

「虹吸原理」是由於液面位差和大氣壓力原理所產生。所以細究起來，下壺的水受熱沸騰，產生水蒸氣，將水壓至上壺，關火後水蒸氣冷卻收縮，將咖啡吸回下壺的原理並非虹吸原理。而大家慣稱它爲「塞風」，則主要是因爲這項咖啡器具當初引介入台灣，是經由日本人。我們現在常見的直立式虹吸壺，開發者正是創立於一九二五年的日本咖啡器具老牌Kono，其產品名稱就叫「Syphon」。

我開始頻繁地煮塞風，應該是大學時期在台北敦化南路遠東企業大樓地下購物中心的4C咖啡打工的時候。咖啡店像商場內的一座中島，以半開放的空間座落在內側動線的中央，雖四面無牆，但地理位置上鬧中取靜，門面沉穩。店內提供的咖啡品項不多，僅藍山、曼巴、黃金曼特寧、巴西、薇薇特南果，以及一款號稱低咖啡因的有機咖啡。萃取方式爲「虹吸式」，可以選擇「比利時咖啡壺」或用塞風壺燒煮的單杯咖啡。另有茶品若干、自製鬆餅、花生厚片和三明治（選用台中洪瑞珍三明治）。來4C的客人，多半是來體驗比利時咖啡壺的，一副金色的裝置擺在客人的桌上萃取咖啡，模樣高雅，萃取過程兼具觀賞性。

4C咖啡創立於台中，裝潢歐風氣派，我記得很小的時候爸媽帶我去過，然印象模糊。遠企的4C咖啡則是加盟店。

創立4C咖啡的李源紘先生首度將「比利時平衡式虹吸咖啡壺」引進台灣，之後著手改良，推出台版的比利時皇家咖啡壺。這款原為銅製的平衡虹吸咖啡壺相傳由英國人發明，在十九世紀成為比利時皇室御用的咖啡壺。

比利時咖啡壺像一座典雅的科學儀器，左邊束腰圓肚的高腳玻璃杯中放入咖啡粉，右邊以槓桿懸著的金屬壺身則放熱水，下由酒精燈加熱。兩邊由金屬管連通，金色壺身內的熱水沸騰，壓力將水漸漸輸到左邊的玻璃杯中與咖啡粉結合。金色壺因為水的離開而重量減輕上提，原本靠著壺底的酒精燈蓋便「喀」地一聲蓋下，將火熄滅。於是，逐漸降溫的金色壺，將咖啡液自玻璃杯內吸回來。咖啡萃取完成，將金色壺上方的拴蓋稍微扭開解除眞空，便可扭開金色壺身前的小水龍頭，讓咖啡液流到杯中享用。

在遠企的4C咖啡服務，我們只要磨好客人所點的咖啡，將咖啡粉和熱水分別裝入壺中，一手端著擺好咖啡杯的托盤，一手提著比利時壺，到桌邊服務。取出隨身攜帶的打火機將酒精燈點燃，簡單向客人解說比利時壺的使用方式和注意事項，便任客人自行靜靜地觀賞比利時壺的萃取過程。作業簡單，加上店內座位數不多，除了周末來客較多，平日僅需兩位同仁輪流值早晚班。

至於塞風咖啡，由於較具技術性，若要掌握要領，維持出杯品質，需要一定的練習與經驗。每當空檔來臨，店長就會邀約我拿出直立式塞風壺，指導我練習用塞風煮咖啡，專注內在，保持正念，嗅聞香氣，控制收尾時的攪拌力道。

不苦不酸，我要藍山

在4C咖啡服務客人的經驗，可能也多少反應了那時期一般中產階級對咖啡消遣的一派品味印象，那就是「不苦不酸」和「我要藍山」。

相較於由多種咖啡豆調和而成的「綜合咖啡」，「單品咖啡」強調單一產區的特色風味。若是中南美洲，則如哥倫比亞、瓜地馬拉、巴西、哥斯大黎加、薩爾瓦多等等；若是亞洲產區，則如蘇門答臘、爪哇、印度；非洲，則多半衣索比亞、肯亞；還有一些海島型產區，如牙買加、多明尼加、夏威夷。往後第三波「精品咖啡」潮流則再往不同「莊園」細分，在風味輪的味譜系統與金杯理論的杯測評鑑標準下，強調每一支單品風味上的細緻差異。

一般客人對咖啡沒有深究，只是單純圖個品味，並不打算費心細問各咖啡產區的不同，常常僅表達一句「我要不苦不酸的」，就算他的注文了。4C咖啡爲了方便快速地給予推薦，將店內咖啡風味簡化爲「清香」、「濃郁」和「回甘」。對比於日後精品咖啡之風味敘述如櫻桃酸帶蘋果香，中段玫瑰花香，肉桂巧克力甜感等等，顯得簡單不囉嗦。客人要清香，就推薦他藍山；要濃郁，就給他曼特寧；回甘，咖啡都嘛回甘，那就給他曼巴吧。

另一種客人也不必費心介紹，他們大概多少耳聞那份代表高級印象的藍山咖啡，入座直接開口問：「你們有藍山嗎？我要藍山。」

在各種產區的單品咖啡中，最稀有神祕的就屬「藍山」。

牙買加的藍山（Blue Mountain）是西加勒比海最高的山。根據資料，通過認證的藍山咖啡，產量若和其他咖啡產區相比，簡直微乎其微。加上牙買加爲了感謝日本在國內遭逢颶風重創時期伸出援手，引進生態種植法，而簽約將年產量的七成以上提供給日本，剩餘的才至市場流通。奇貨可居不但造成藍山咖啡的高價，一般人更是想喝也喝不到。市面上所售之藍山咖啡，多是以其他美洲豆或多明尼加豆調和出相似風味的「類藍山咖啡」。

正港藍山無比珍稀，親嘗者知多少？世間藍山各自表述，眞的假藍山，假的眞藍山，像蒙一層紗，更像一個抽象概念，給人買個高尙的體驗。

回憶青少年時期，一天晚上，時任北藝大校長的戲劇專家兼作家邱坤良先生來家裡作客，帶來了他新出版的散文集《馬路・游擊》送給父親。集子裡有一篇〈藍山咖啡因〉，寫自己嗜咖啡，偶然在百貨公司裡的咖啡吧被推銷購買了咖啡券，從此便固定喝起了店內價格最高的「藍山咖啡」。他北藝大的辦公室裡，咖啡器具也一應俱全，助理們爲了「侍奉老闆」，都必須具備燒煮咖啡的基本技能，所燒出來的咖啡也都符合他的口味。他戲稱全關渡最好的咖啡就在他的辦公室，別系主任來串門子，無非是爲了他的藍山咖啡。

後來校內開了新餐廳，店主人對咖啡似乎頗有心得，對自己燒的咖啡很有自信。偏偏邱校長喝了她的藍山以後，沒有給予正面評價，覺得口味不合，還不如自己辦公室的咖啡。店主不死心，一次飯後，又端了一杯不知名的咖啡出來要他試。邱校長按照慣例撕開糖包，加入奶精攪拌後啜了一口，嗯，味道十分相醇，是他喜歡的藍山咖啡！店主笑了笑，一副沉冤終得昭雪地說：「那以後請記得，你喜歡的咖啡不是藍山，是曼特寧！」邱校長驚訝，回到辦公室趕緊問助理平常都買什麼咖啡豆，助理茫然地表示：不清楚。「我不是都喝藍山嗎？」助理搖頭：「我們都是隨便買的。」

我真喜歡這個故事。邱坤良先生的散文，文如其人，直率風趣，充滿對生活世態的觀察與關懷。我把這本散文集從父親那裡拿來，擺在自己的書架上。

糖包奶精都要，謝謝

邱校長喝「藍山咖啡」加糖包奶精並不奇怪，雖然這和後來強調品嘗地域之味的精品咖啡之原味美學大相逕庭。

我從國小開始喝咖啡，地點：保母家。記憶裡，形同乾爹娘的保母一家，早晨或飯後，會用家用義式咖啡機壓一些咖啡出來加入牛奶。他們把我當小大人，也會問我，要不要喝咖啡。於是，小傢伙我也會得到一小杯自己的咖啡牛奶，有一種被尊重、款待的感覺在心頭。

老派咖啡館，多放糖罐、奶精粉於桌上，給客人自行取用。糖罐打開，多半是白砂糖，有的也用晶體較大的冰糖。在日本，則會將正方形的白方糖，同湯匙一同置於咖啡盤上，模樣好看。

奶精粉之外，還有奶油球，店家直接放一顆於咖啡盤緣給客人。不加的，就捏在指尖啵啵響。不過，我看咖啡老鄉們鮮有不加奶的，這種濃烈、苦味強勁的深烘焙咖啡，不加糖或奶對喝不慣黑咖啡的人來說可是很濃很苦的啊。糖包奶精都要，謝謝。

有一句原是形容土耳其咖啡的話，說咖啡應「黝黑如暗夜，炙熱如地獄，甜蜜如愛情」，正是這種咖啡的最佳狀態。

早年和父親上咖啡館，他爲我示範了一套咖啡加奶油球的喝法。先將熱咖啡用湯匙繞圈攪拌攪拌，使黑湯旋轉，然後撕開一顆奶油球沿杯緣倒入，不攪勻，就讓奶油順著咖啡螺旋交融，最終於液面連成一池白雪。此般加了奶油球的咖啡，多了油順絲滑的口感，是另一番風味。

也有同時加奶精粉和奶油球的版本：先舀幾茶匙奶精粉與咖啡攪拌融合，再沿杯緣倒入一顆奶油球，旋成一片白。

後來發現，有點年紀的中壯年男子，不少人都諳此道，應是當年如蜜蜂、優西西、眞鍋等日系咖啡館入台伸根一併帶來的喝法。這樣的喝法有一種儀式感，就像吃拉仔麵之前要澆一匙蒜泥，點幾滴五香醋，再淋一圈東泉辣椒醬；或者火鍋開動前，取小碗敲一匙沙茶、一匙蘿蔔泥、一丘蒜丁、些許醬油、白醋，上頭撒滿蔥花。

加糖不加奶，加奶不加糖，或是加糖也加奶，都各有其風味。共同點是，最宜趁熱喝。我常常喝咖啡喝到一半，才突然興起加奶油球的念頭，不過此時咖啡溫度已降下來，再入奶油的風味並不理想，便作罷。有時候想起這個儀式感，見態勢尚可，趕緊撕開奶油球加了喝，圖一個回憶的滋味。

「炙熱如地獄」倒也不必，然而喝老派咖啡，溫度確實是要緊的。

我鍾情塞風咖啡的理由之一，是它的熱度。虹吸壺下壺的水煮至近沸騰，上升至上壺，水溫至少有九十度，溫度之高是手沖濾泡法所沒有的。就像很多人喝湯要夠燙，我喝曼巴、綜合、曼特寧也喜歡喝燙的。

坐了一陣，咖啡勢必冷了。深烘焙的咖啡不似淺中焙的精品咖啡，在不同溫度有不同風味表現，有時涼了喝更好喝。我習慣盡量趁熱喝完，稍事休息，這時候若感覺有餘裕，是時候再續一杯。點過就知道，咖啡續杯的快樂，是很大的快樂。

燒煮塞風咖啡，是一種綜合情懷。包含一點緬懷：緬懷自己的過去，也緬懷舊日的情趣；包含咖啡遺傳的親情，知道我正傳承著父親、乾爹、業界前輩等父執輩的黑色基因，香氣的延續，知道我的血與他們的血，都流著咖啡；也包含自我當下的品味，歷久彌新的中深焙，不特別苦不特別酸，香氣馥郁，熱度充足，單喝、佐餐、配點心，百搭又加分，在日常生活裡長相左右，與妻共享，與家人朋友同樂。

下壺的水正穩穩地沸騰，咖啡與水在上壺剛攪拌融合，女兒湊過來一起聞香。我知道，所過者化，所存者神。不曾老去的奔放之心，收藏著平穩的老靈魂。

後泡沫紅茶店時代

民國七〇年代始，泡沫紅茶旋風自台中刮起，占滿府後街，蔓延至台中各區位，往南北縣市席捲。我就是在那個時期出生的泡沫紅茶世代。

如今泡沫紅茶店的風頭已經過去很久了，有的店家走向精緻化和品牌化，改頭換面，大放光采，其餘的末流多半消失在其他消費場所的興起，以及手搖飲料店的漫天鋪地。還留下來的，殘餘在大本營台中，都可以稱作老祖宗了。它們不曾在店裡擺過電玩機台，沒請過辣妹店員，沒有浮誇的裝潢，店內也不再煙霧瀰漫，更從沒打算開到三更半夜。它們就是繼續安安靜靜地搖茶，繼續在小廚房裡製作豆干、蘿蔔糕、厚片吐司、雞絲麵或水餃，讓記得它們也習慣它們的人再來坐坐。

泡沫紅茶的誕生

把「泡沫紅茶」製作組成拆解開來，可以得到紅茶、冰塊、糖水、雪可杯、玻璃杯，以及塑膠吸管。原是壺泡的熱茶轉作冷飲，加了糖，還進了雪可杯搖盪，最後倒進玻璃杯，插上塑膠吸管。每一項都顯見時代的條件。

台灣茶葉是戰後主要的外銷農產品，僅次於稻米。隨著台灣逐步轉型爲工業社會，勞力與土地生產成本提升，台灣茶在國際市場上逐漸失去競爭條件，茶葉開始大幅轉爲內銷。一九八二年廢除了製茶葉管理規則，製茶業者得以自產自銷，與茶改場、農會一起積極開拓國內市場。茶農兼營觀光茶園，市區內茶行、茶藝館林立，百家爭鳴。

往後台灣茶葉在國內有了兩條路線，一條隨著茶改場建立茶葉等級評比與感官品評制度，舉辦茶葉競賽和優良茶展售，而邁向精緻茶的品茗路線。另一條則隨著茶行業者的生意頭腦，開創了平價大衆化的新式飲茶風潮——泡沫紅茶。

「泡沫紅茶」一詞的出現，是紅茶進了調茶器之後才有的。調茶器就是調雞尾酒時使用的三節式鋼杯，又因其使用時那麼搖震搖震的動作和聲音，也稱「雪可（shake）杯」。雪可後的茶，因產生白霜化而有一層泡沫浮至表面，模樣清新，業者遂稱「泡沫紅茶」。

據聞台南雙全紅茶早在一九四九年卽以雪可杯調茶，乃習自日治時期的西餐廳經驗。在引領泡沫紅茶風潮的台中市，則於一九八三年，由「陽羨茶行」做爲第一家以「店面」形式提供內用之方式開業的茶飲業者，正式開始了泡沫紅茶店的流行。陽羨茶行就是「春水堂」的前身，一間小茶行初立於當時靜謐清幽的府後街。不久，「雙江」、「鐵羅漢」、「翁記」、「茗人」陸續在各區位開業，算是第一代的泡沫紅茶店元老。

美軍駐台時期，都市酒吧林立，美國文化大量輸入。除了雪可杯，由玉米澱粉轉化而來的高果糖糖漿、原加在咖啡裡的奶精粉，也都在往後的期間，成爲茶飲業者得以取用的材料。因而，一九八七年又再有結合奶精與粉圓的「珍珠奶茶」出現，是美式與在地食材碰撞出的新滋味。而童年卽在第一代泡沫紅茶店裡鬼混過的人，除了多會堅持加奶精才對味，而不來加牛奶的「紅茶拿鐵」那一套之外，恐怕也都會突然驚覺現行之泡沫紅茶、手搖茶店的珍珠奶茶與印象中的味道不同，先不論是不是味覺記憶不可靠，恐怕是稍後的泡沫紅茶店與繼之而起的手搖飲料，皆全面使用果糖糖漿，而非蔗糖熬煮的糖水。糖水風味之差，差之千里，於甜品飲料中最能體會。

泡沫紅茶店的場所精神

上泡沫紅茶店所爲何事？無非就是圖個空間，消磨時間。人之不願待在家裡，想往外頭跑，想去尋那外頭才有的閒情快意，或者非得在外頭，又得找個地方歇歇，自然就往泡沫紅茶店裡去。不花什麼錢，然吃喝皆備，又能消磨大半天，三教九流皆有福消受。

學生愛上泡沫紅茶店，因爲那是學校和家裡以外，價位消費得起而能正大光明地和同伴鬼混的地方。補習班下課或蹺課、學校社團結束、小情侶約會，以及總得找個誰去個哪裡的周末六日，就去泡沫紅茶店坐坐。就連考試到了，也到泡沫紅茶店K書自習。反正，不想在家。

顯然醉翁之意不在酒，上泡沫紅茶店的人往往都有比「喝茶」更隱而優先的目的或理由。聊天之外，談業務、喬事情也在茶店。據說中國舊時有「吃講茶」的傳統，兩方有了情事需要協商談判，就到茶館裡講理調解。中國作家老舍在劇本《茶館》裡就寫過，那年月裡時常有出了糾紛打群架的，但總會有朋友出面給雙方調解。三五十個打手圍聚，經調解人東說西說，便都喝碗茶，吃碗爛肉麵，化干戈爲玉帛了。

茶店的木桌長板、藤編椅凳，騎樓下半露天的街口架勢，確實有幾分江湖氣。可惜俠客比武、精采過招的美學場景恐怕只存在武俠小說裡，現實生活中往往只是怒而「動粗」，血氣方剛意氣用事，遂砸碗掀桌，難堪地扭打糾結，弄得是頭破血流。旁人勸架，無非是因爲，太難看。

如今泡沫紅茶店打架滋事的年代大抵是過了。有一回晚上騎車經過南區，見一老泡沫紅茶店燈光通亮，撇頭往裡一瞧，高棚滿座的大叔阿伯們哪裡是喝茶，整間店倒成了棋藝交流中心了。

其實能夠滿足吃喝，又能消磨時間的場所，當然多少還有。例如冰果室（或者後來稱作「冰城」的），例如連鎖平價咖啡館、麥當勞，例如近年來便利商店總會增加附設的座位區。

冰果室或冰城，賣冰品、賣木瓜牛奶，可能也兼賣烤吐司或雞絲麵，但再沒有更多油葷的選擇，座位數也少，整體的設定上就不是要人們久待；便利商店的座位區則太「單人」，刻意營造得克難促狹，畢竟它是一個提供「過渡」的空間，不是拿來聚會或約會的；咖啡館環境更好，但要嘛太有風格，要嘛太顯優雅，咖啡也不是人人都喝，又多半關在室內，沒有泡沫紅茶店的那種親民、隨便、路邊攤似的老大氣。

所以泡沫紅茶店賣的不只是吃喝，而是空間。這裡端出的一切，是爲了襯托這個空間，把人招進來，讓這裡成爲了日常裡相當重要的地方，有事沒事都能來坐一會兒。人們在這裡交換荒唐的新聞，給予或聽取人生的建議，回憶年輕時的得意與偶然的不美麗，訴說佯裝早熟的悲歡與坦然，透過對坐同桌，確認或維繫那些自認重要的人情。

正如老舍描述的，茶館賣茶，也賣簡單的點心和飯菜。他說的爛肉麵，是中國茶館裡特有的食物，價錢便宜，做起來快速。換到泡沫紅茶店裡，賣的則是雞絲麵。做爲複合式餐飲的始祖，今日的泡沫紅茶店，更多的是做爲一種大衆的食堂，庶民的飲食店。除了各種茶點，又提供中西式麵食或簡餐。把吐司、火腿煎蛋、蘿蔔糕端出來，配一杯茶，就是早餐；一碗麵是一餐，多點幾道茶食點心，也是一餐，又有類似港式飲茶的感覺。

簡單不一定就得隨便。有些用心的店家同這城裡的一些老咖啡館，除了賣涼水、賣咖啡，也願意用心來提供一些家常料理。自覺微波食品已經不能滿足現今的大衆，便炊一鍋白飯，備妥麵條，滷個肉、炒個菜，連湯也不願馬虎。爲了讓這門生意做起來，廚房空間、設備都得來妥善思量思量。突然之間，就是另一個格局了。或者也別忙，乾脆就開放外食，歡迎大家自己包便當來配茶，倒也破格成了餐飲業的另一種風景。

於是台中人早也坐茶店，晚也坐茶店，茶店早已經不只是下午茶的事了。跟朋友去，一個人也能去；家人也會一塊兒去，吃罷各自的簡餐與點心，就賴在椅凳或沙發裡悠哉。茶店就這麼養出一批吃飽了不急著走，還得坐一會兒，再翻看胡弄瞎聊個什麼的人（以及後來逐年增加的、以滑手機爲主要活動的「掃幕民族」）。是不是就是因爲台中人坐泡沫紅茶店坐得這麼老練，才養成了一股閒散的市民性格？

感恩這些泡沫紅茶界的老店小鋪願意一逕地開下去，那些愛坐茶館的老客人也就有了安心的歇腳處，喝茶喝成了朋友，人情味就在其中瀰漫開來。每每經過老茶店，裡頭總是一派民眾樂活，世俗興旺的氣氛，大夥各據各的椅凳子，喝茶配話。也有攜家帶眷的，小孩那桌自己玩玩，又蹦回來阿媽這桌弄弄。這裡是市民的厝院子，都市人的小客廳。打開冰箱，沒準還有客人借冰的青菜呢。

今日的老泡沫紅茶店，它並不古典，也不說是成熟的大人味。就是殘存一點江湖氣，一點路邊攤的野趣，並且，在時下城市餐飲群像的爭奇鬥豔中，留出了一爿雅俗共賞的小角落，開始滋生一點老派的氣味。

飲苦與雅興

日文裡有一個詞叫「大人味」，按照原意，是指「成年人」的意思。但在使用上，早已不限於成年，而意味著不同於一般，更成熟、更有質感的事物。大人的甜點、大人的文具、大人的戀愛、大人的旅行、大人的生活提案……。大人味，標誌著獨特價值觀、喜好或品味。對我來說，大人味，更意味著明確的喜好、專注的興趣，不輕易被左右的堅持。

苦，是大人味。小孩子一律怕苦，總要到成人以後，有的人才開始發現微苦的美麗。

有一次切了一個尚未熟透的木瓜放在保鮮盒裡冰起來，後來拿出來吃，發現果肉明顯帶苦。木瓜會苦，可能源自靠近果皮的果肉。也可能是因爲木瓜在尚青的時候便摘下來，在冰箱裡悶熟的過程中產生了苦味。一反一般人對熟甜木瓜的偏好，我發現這冰冰涼涼、苦甜得剛好的木瓜滋味眞迷人。妻怕苦不吃，我一個人在餐桌前有滋有味地整盒吃完。

苦要有一點魅力，只能是微苦。沒有人能接受純粹的苦。苦，總要伴隨著其他的味覺一起相依相生，才有機會展現讓人覺得驚喜的雅韻。

談起吃苦，總有人會拿出人生來談。人生的苦是無奈，眞正的慰藉只有當苦盡，甘來。

其實我對「苦盡甘來」這個詞一直帶著保留的態度。倒不是說人生順遂沒遭遇過什麼困難，所以不能體會。而是認爲從滋味上或生活經驗上來說，更多的是「甘中有苦」和「苦中有甘」的體驗。

「苦盡甘來」聽來總像是事後諸葛，也像是對當下之苦的一種不接受。無甘之苦，與無苦之甘，聽來想來都太不眞實。「苦甘」的滋味，要比「不經一番寒徹骨，焉得梅花撲鼻香」的規勸，更令人懷抱積極的意願。

我喜歡苦甘的滋味。所以，我非常喜歡適度帶苦的飲料。青草茶、啤酒與調酒皆然。

苦甜真滋味

人天生排斥苦物。有毒的植物所含的生物鹼具有強烈的苦味，驅避苦味遂成了保護生命的自然機制。

飲料中的「苦水」之代表有二，苦茶與苦精。

以中醫燥熱寒涼之食物屬性觀點，苦茶性寒，具有清熱解毒與退火的功效。苦茶的配方各家不一，苦參根、穿心蓮、仙草、咸豐草都有人用。而雞尾酒會加入的苦精，最初也是藥用。苦精，就是濃縮的藥草酒，由龍膽草等多種芳香植物置於酒精中浸泡而成，十八世紀由德國醫生所發明，最初是在軍中使用，用於緩解腸胃問題。

有毒者味苦，有療效者亦苦，可見苦確實是反天性的。若非必要，沒有人願意一肚子苦水。

強烈的苦味讓人皺眉，不願再嘗第二口，然而，適度的苦味則會讓人停頓、留心，甚至精神為之一振。適口的苦，必須、也總是與他味相依相附。例如，以多種的草藥材混和煮製的青草茶，煮後加入一點點紅糖提味，消暑退火，生津止渴。做成冷飲，更勝手搖茶。甜膩的手搖茶我把它視爲「甜點」，其實並不太解渴。

從前，在夏日陽光熱烈的南方高雄創業時，除了太陽曬得足，酒與咖啡也喝得多。

喝咖啡除了是自己喜歡，也因爲兼營咖啡事業，每日工作與咖啡密切爲伍。而喝酒，是因爲老闆、股東皆是頗識杯中物的性情中人，許多重要的商議，有一半是離開了公司，在飯桌上把酒而談的。加上那段日子結識了阿布電影共同創辦人、蘭嶼部落文化基金會執行長Hugu，這位隻身行走海內外的高級流浪漢平日以酒代餐，有酒便喝，超商的進口啤酒也歡喜嘗鮮。他全台灣都有朋友，去哪裡都不愁沒屋住、沒酒喝。除非是當地特有的料理，飯桌上他鮮少動筷，只顧議論、暢述民族見聞。酒喝得開心，便唱一段蘭嶼古調。我喜歡聽他說話，酒不免多喝幾杯。

酒與咖啡之外，我在高雄也常喝青草茶。創業初期，周末若和夥伴一起在工地勞動，流了汗之後，便到「龔家中藥百草行」提兩罐微涼的苦茶和青草茶回來對半喝；又或者衝去「濃厚鋪青草茶」外帶大杯的青草薄茶來牛飲。冰透的複方漢草茶，薄荷的沁涼刺激著喉嚨，微甜、略苦，渴欲牛飲，卻又不敢喝得太快，很過癮。那是幹活後的自我獎賞，是甘露，與汗水一同澆灌委身土石間的心田。

至於在台中，要喝青草茶，除了到中區成功路的青草街之外，有一款主打在地通路的「羅氏秋水茶」享負盛名。在檳榔攤、傳統雜貨店、小吃攤才能看見它的身影，有鋁罐易開罐和袋裝鋁箔包兩款包裝。羅氏秋水茶最初以仙草、苦瓜、仙楂、薄荷、陳皮等多項材料爲配方熬煮，落腳台中太平後，再加入南投烏龍茶，乃成爲眞正含有茶葉的青草茶。

我與它最初在麵攤邂逅，基於對罐裝外觀的好奇而取罐試飲，入口有明顯的仙草和陳皮味，後段則由苦瓜帶出微微苦甘，留在喉頭的滋味，令人耳目一新，我一試成主顧。

我喝青草茶，正是爲了尋覓苦甜。

國人飲青草茶，本有中醫學理上的保健之本意。聽聞過去現代醫學觀念不發達的年代，民衆在廟裡求得了偏方，便上附近的青草鋪「抓藥」去了，頗有當代門診後，到旁邊藥局領藥之意。

青草漢方，挾著醫食保健功能轉作爲日常含糖冷飲或開發爲精緻茶飲，配方之思維轉以「風味」而非「效用」，重新贏取消費者的注意，是青草鋪的智慧轉型。

飲苦的雅興

我對苦味的好奇也展現在飲酒上。喝台灣啤酒，大家走到冰櫃，理所當然地拿著金牌或18天，我卻總是選擇經典，只因爲它有明顯的苦味。喝精釀啤酒，我若面對一櫃子陌生的品牌，便專挑IPA（India Pale Ale）那種使用大量啤酒花，香氣與苦味皆明顯的酒款。

初接觸調酒的世界後，我很快就被「苦精」吸引。苦精就是濃縮的藥草酒，許多經典調酒的配方會包含兩三滴苦精，加入苦精的酒有獨特的層次，令人沉浸在不可言喩的心情中。

例如我鍾愛的Old Fasion，基本的製作方法，是使用波本或裸麥威士忌，加入一顆方糖搗碎，點兩滴安格仕苦精，再兌入蘇打水，以橙皮裝飾。

有一些香甜酒本身也自帶明顯的苦味。例如義大利的Campari，冷豔神祕的紅色酒液，帶著柑橘與茴香的風味與極度鮮明的苦甜，加入冰塊單喝，或調製成Negroni、Americano等經典調酒，同樣都藏著啟蒙的暗示。那苦甜的滋味不可言喻，令人想從中參悟出什麼來，它是調合酒的繆思，督促著靈感的發生，讓人近乎焦慮地想要用它創作出什麼來。

酒與酒調和出的世界，像一座還在擴張的宇宙，既延續著不朽的經典，同時繁衍出繽紛新異。那麼多種類、名稱與品牌，散發外國語的謎樣魅力。Rum、Vodka、Brandy、Vermouth、Triple Sec、Amaretto……，酒保們自選顏料，展開自己的調色盤，逗引無限的味覺想像。而我在這奇幻絢爛的微醺世界中，獨專有苦味的酒，流連過台北安和路的「Trio」，也鬼混在高雄的「三千」或「Marsallis Bar」，縱有王牌酒保坐鎮，我也從不陷入選擇障礙，專飲苦甜玉液，自得其樂。

我好像常常這樣，縱有大千世界多彩斑斕，我卻只盯著一兩個奇石靜靜把玩。所有人朝著各自的路徑持續冒險挺進，累積更多的體驗，取得更多的成就。而我對「更多」似乎還是提不起勁。不是參悟了「少即是多」的境界，也不是明白了「慢慢來比較快」的哲學，而就只是專於少、習於慢。會不會不小心就過於安逸？是不是一不留神就忘了追求卓越？

而終究晃盪成一副浪流連，旁人一看，以爲無所用心。

識苦，我且自嘲是「嚴肅的雅興」。

苦，增添了飲料風味上的層次，如同一切有深度的事物多少是帶一點苦味的。如果忘情享樂是酸甜，那麼沉思與對話便是苦甜。嚴肅的雅興，如閱讀、寫作、探究文化、藝術賞析、徒步旅行……，無不是透過微苦的過程，感受著成果的甘美，涵養與器識藉此使人生有了深度。名著小說、詩、歌劇、弦樂四重奏、文藝電影、現代爵士樂……，那些帶苦味的文化產品，都須投注精力和時間認眞以對，才曉箇中甘味。

識苦，是獨特的品味，是流行的反面。一旦識得飲苦之魅力，各種消費潮流中，你無動於衷，自己有自己的鑑賞力。

我在班傑明．艾雷特（Benjamin Errett）的《品味這件事》一書中，讀到一段關於苦味的描述，給了我無懼於表現、甚至推廣嚴肅雅興的方向：「要讓那些一輩子都在品嘗苦味作品的人苦到皺嘴難如登天，幾乎注定失敗。但讓不習慣吃苦的人嘗試苦味，卻可以開創非常深遠的影響。」

小堤
小堤
小堤

430/lb
NO.1
445/lb
NO.2
曼特寧
460/lb
560/lb
560/lb

輯三

都市採獵

老是坐吧台

誰是吧台派？

我愛坐吧台。酒吧的吧台、咖啡館的吧台、愛玉攤的吧台、燒烤店的吧台、洋食屋的吧台。

吧台，早已不限於酒吧空間所獨有。上咖啡館，有吧台前的座位；吃日本料理，板前的座位也是吧台；吃小火鍋，常見高高的U型吧台；吃迴轉壽司，面對迴轉台的雙人並排座位區，也被稱作吧台；甚至路邊小吃攤車前，擺了三兩張板凳，那對著湯鍋的「攤頭座」，自然也算是吧台。

總之，主要面對備餐者，而與其他食客並肩的座位型態，皆可泛稱「吧台」。不管是一字吧台、ㄈ型吧台、L型吧台，還是U型吧台，我見了吧台就想入座。

比起坐吧台，有的人更愛包廂，愛包廂的私密感、專屬感，躲起來跟自己人嗨。我是吧台派，即便朋友訂好了包廂，我包包丟著，又跑去找吧台。

桌子讓人圍坐，在視覺上形成特定領域，圍坐的本質就帶著半封閉性，一旦坐下，你就進入一道無形的門，分別了圈內和圈外，同桌的人與不同桌的人。你到別人那桌去，總要說一聲「不好意思」，像按一聲電鈴，大家中斷正在進行的吃喝，抬頭看你。

難怪有的人寧可多等，也不願意併桌。不願併桌的人，大該也偏愛包廂。

相對地，坐上吧台的人，基本上都坐同一桌。吧台的英文——Bar，本意就是「一條橫木」，只區隔遞酒給人喝的人和取酒過來喝的人，大家靠在同一根橫木上，享用自己的那一杯飲料。吧台的線性與半開放性，讓每一個坐在吧台的人都是各自獨立的個體，但僅僅靠著將頭部或身體向左轉或向右轉，就能簡單自由地進出於「內」與「外」。

人的特質由此可見一斑。坐吧台的人歡迎機緣，擁抱意外，隨時準備社交，需要時又能馬上回身與自己人低頭深談，進入私密的頻道。這就是吧台，收放自如。

充滿魅力的位置

我與吧台的初戀在京都。

有一年秋季旅遊日本京都，住河原町一帶旅店。早晨走出位於寺町通り的旅店，馬上注意到對面有一間小咖啡館，黑色的窗格，裡面正透露出溫暖的黃色調，隱約看見店內一座匚型吧台，和吧台內低頭作業的身形。店外的小立招寫著「Syphon Coffee」。我和旅伴皆被那充滿魅力的光景吸引。

年輕時的旅行方式還不像現在這樣但求舒鬆、隨興，出門總會排定行程，按時推進。這間眼前的咖啡店不在我們原訂的計畫行程內，但眼前的光景使我們當下決定推門進去這間社區型的可愛小店。

黑格窗前的檯面和牆邊一柱格櫃疊放著雜誌供人取閱，牆面有木衣架可吊掛大衣。方正小巧的店內，僅一座匚型吧台，先後入店的客人（皆是獨自一人），間隔著彼此，環此吧台而坐，展報閱讀，或偶爾與白著髮的店主人講兩句話，店內一派安靜祥和。牛皮黃的牆面，深色木紋的吧台，黑色皮墊的吧台椅；三座虹吸壺在右，兩座電磁爐在左，洗滌槽與一切杯盤用具盡收吧台下，店主隨手取用。進店時沒注意店名，我拿了一個店家的火柴盒，上面分別用日文、梵文和英文寫了「MAHAYANA」。以匚型吧台爲中心的溫暖祥和之咖啡小店，年長的先生正拿著攪拌棒在虹吸壺前煮著咖啡，這畫面就此烙進我的心中，固定下來，成爲年輕時的自己，一種冥冥的嚮往。

看到這樣的吧台，我會問自己，比較想當站在吧台內的人，還是坐在吧台外的人。坐吧台的人，能享受悠閒的時光，是被服務的顧客。而我也享受擔任站在吧台內的那個人，他不但負責製作美味的咖啡和食物，滿足來到店裡的客人，爲他們創造美好的體驗，他同時是這座舞台的中心，帶著表演的性質。然表演不是他的主要工作，低調地不彰顯自己地端出令人安心的美味咖啡才是。負責調飲的吧台手，不論是在咖啡館或是酒吧的吧台，爲吧台另一側的人製作並端上一杯飲品，讓他在心中發出「啊，眞好喝」的讚歎。這樣一種兼具自我表現與服務他人的意義，是爲了創造美好體驗而存在的工作。

原來，吧台的魅力對我而言，不單純只是身爲一個享受坐吧台的顧客，更是欣賞身爲吧台手的那份創造魅力的技藝。人生，也應該站在一個最能展現自己的魅力，並爲他人創造美好的位置。

獨食悅己的要訣

老靈魂出入自得，不避孤獨，甚至對孤獨求之不得。因此，熱愛孤獨的老靈魂有很大的機會單獨吃飯。而在外頭單獨吃飯，有很大的機會能坐到「吧台」。

我過去遇過有人抗拒一個人在外面單獨吃飯的，「也太孤單了吧。」他說。事實上，「內向者」始終存在，總是獨自遊牧於都市之中，尋找像「吧台」這樣的角落。更何況高度個體化的都會，一個人去咖啡館、一個人吃飯是再普通不過的事。一人生活，獨食悅己，一種自在快活的價值觀。甚至從店家端的服務形式上，也出現一人燒肉、一人fine dining這種讓一個人也能享受原本屬於多人共享之餐飲體驗的個人經濟模式。

社會邁向「一人經濟」時代，也許吧台將愈來愈普遍，也許中間有區隔的個人座位也將提升占比。但獨食的自在感並不單純來自於「區隔」，而是來自於「隱私感」的成立。隱私感之成立，並不一定僅是物理空間上的隱蔽，事實上，吧台是完全沒有隱蔽的。坐吧台，也能有一種完全不被打擾的感覺，原來隱私感的成立，更主要的是心理層面的成立。有經驗的吧台手，會察言觀色，收斂自己的服務，給予不想被打擾的客人適度的空間，也會避免太過熱心地與鄰座的客人互動。

而坐在吧台的獨身人，彼此保持著臨近的距離，除非刻意，並不會和對方互動。但你們之間擁有某種共同點——同樣享受此刻的空間和此地的飲食。就是這樣的共同點聯繫著你和身邊的陌生人，你們是互不相識的夥伴，提供彼此無語的陪伴。當你在吧台遇見同樣獨食的人，便能感受到這微妙的魅力。既獨立不受干擾，又有同伴左右同在的安心感。

看那些眞正享受獨食的人，往往能看出他那股頗能享受生活的格調。

只是進食填飽肚子之吃，如在路邊攤淅瀝呼嚕地吃麵、扒滷肉飯，不管是不是單獨一人，並不引人側目。如果是帶有一點點非必須的奢侈之吃——如你見一人獨自於台中「法森小館」專心切食爐烤小羔羊排，或見一人獨自於高雄「錦杯吧」吃雞肝義大利麵，不時輕舉紅酒啜飲——多半會觀察他幾眼。

一個人單獨吃飯，最能看出他是一個如何自處的人。一邊吃飯一邊拿著手機猛看，大概是生活中經常會「嫌無聊」的那種人；若店內有報紙，則正式用餐前取報泛覽，頗能製造一股悠哉感；寫《居酒屋全圖解》的小寺賢一認為最佳的酒友，是輕鬆的文庫本散文或體育報；有的店內會播放球賽或賽馬，也是予人消磨時間之一種。但這類日常賽事氣氛相對平穩冗長，很容易看成一副百無聊賴的感覺。我個人認為相撲比賽最有氣氛，兩座如山大漢拚力，短時間內即有勝負高潮，又不致觀賽情緒高昂，與陌生人一起看，不時小聲地同聲驚呼，最有興味。

吧台，獨處與深談的好所在

一片桌板，提供單人就座的吧台，設計之初原有省空間之目的。一個人入店坐吧台，也爲了把桌位留給兩人以上的來客。一個人坐吧台，有時候也帶著暗示性，如同男士刻意擦的香水，或平常習慣紮起頭髮的女士不忘放下的長髮。搭訕別人與被人搭訕的場景多半發生在吧台。

除了適合獨處，吧台也是親切深談的好所在。

如果你有三個人以上坐吧台交談的經驗，大抵會同意我的意見：與友伴坐吧台，限兩人。三個人以上放在同一條直線上交談，實在太不方便，這是基本的人際關係物理學。

兩個人坐吧台，則通常表示不介意彼此靠近，他們要嘛太熟，要嘛不介意進一步變熟。吧台使兩人並肩而坐，交談時必須稍微側著身，而非用那對爲狩獵而生，長在頭部前方的雙眼直視對方。像這樣與身邊的人身體面對同一個方向而坐，不管交談的內容是什麼，都會有一種同伴的感覺。一旦對話愈專注，話題進入更深入、更嚴肅私密的階段，兩個人的身體就愈平行，低著頭望著自己的酒杯，除非爲了強調或給予認同，幾乎鮮少轉頭直望彼此。而一個人的側臉永遠比正面更容易親近，這是視角的藝術。如果角度是一種視覺語言，一個人的側臉就是一首詩。在昏暗與微醺中，一個人的側臉總是比正面散發更多魅力。

正是在這樣的曖昧中，除了神情與話語，坐吧台的兩個人，也用肩部在建立關係，想揣測這兩個人的關係，必須觀察他們如何使用他們的肩膀。如果話題是主旋律，嘴唇接觸杯子的頻率是節奏，眼神是和聲，不時輕觸的肩膀就是主導氣氛的Bass line。吧台之夜，即是一場即興爵士樂。

坐吧台，多麼老派的約會。

老是坐窗邊

一

有一個日文名詞「居心地」，大意是指能夠感受到安適的居所。即便是一頂帳篷、一台露營車、一間異鄉的小套房，再飄泊的心也需要一處安歇之地。

譬如一個人在外租屋的生活，不管最終尋覓到的是怎樣的雅房，無論如何要打理成能讓自己感到安頓的空間。譬如與妻小同住的老公寓裡，也嘗試爲自己找到那最佳的comfort zone，像貓總能找到一個舒服的角落窩著，安心做自己。

譬如當年碩士班入學，大家自行選擇團體研究室裡的個人座位。我正規的座位不選，偏偏選了一塊畸零地。那是一組IKEA的白色工作桌，尺寸窄小，桌面也淺。它背對其他所有的座位，躲在長條型研究室內的最角落，明顯是後來才增添的備用座位。我選它，只因它鄰著室內唯一的那扇霧面落地窗。

我專挑無人的淸晨時分去，頂著微脹的腦袋，走進那透著微光的窗邊角落，讀太宰治、翁鬧；或讀薩依德（Edward Said）、羅蘭．巴特；敲打鍵盤、寫寫筆記。然後趁著其他同學進來前離開，心中不確定此刻所執迷的孤獨，是否能帶自己航向遠方。

二

好不容易爲自己弄了個窩，我卻經常不在家；好不容易選好了一個角落，我卻經常抱著手邊的工作，尋一處「別的地方」。

那個別的地方，譬如咖啡館。

雖然不至於「不在咖啡館，就在去咖啡館的路上」，但在那「不眞的有嚴重憂愁、不眞的有迫切現實壓力」的青春年華，抱著電腦與嚴肅的書，成天泡咖啡館的日子確實是有過的。「如果只是看自己的書，用自己的電腦做自己的事，爲什麼非得跑到咖啡館去呢？」相信有人會發出這樣的疑問。

比起完全獨處的自家書房，有些人更樂意到咖啡館工作。他們的理由單純，因爲一個人在家總是東摸西摸，一會兒開抽屜，一會兒開冰箱。到咖啡館反而沒有多餘的自在空間可以任自己去走動，在咖啡館背景聲響的白噪音下，更能專心做事。但驅使我走向咖啡館的，除了咖啡，更是爲了一份「公共場所中的私密感」。

該怎麼描述「公共場所中的私密感」呢？

像漫畫租書店，或是像日本的「爵士喫茶店」，皆是一種提供「一般人無法自己在家擁有的體驗服務」的半公共空間。以爵士喫茶店來說，店內以極好的音響設備，播放經典的爵士樂曲，讓樂迷能夠以一杯咖啡的時光，聆聽品質極佳的音樂。雖然店裡所有的客人，是同樣聽著喇叭裡播放出來的音樂，但這段時光基本上是沉浸在個人的享受裡。這提供了一種「既共享，又獨享」、「人既在外面，又在裡面」的體驗。

這種「公共場所中的私密感」，我認為正是許多人迷戀咖啡館時光的因素之一。在那情境裡，雖然從事著私人的活動，但因為身在公共場所，隱隱然意識著有被觀看的潛在可能，我的表現就或多或少帶有「表演」的性質。我既沉浸於自己，又在不經意間保持著舉手投足與眉目間的優雅。我在「做自己」與「展示自己」之間來回擺盪，保持著一種平衡的專注。沒有人發現我在表演，只有演員能認出演員。

三

而咖啡館的靠窗座位，最富有這樣的魅力。

坐在窗邊，抬頭向外看去，透過那玻璃，既觀看外在的風景，又同時讓自己成為風景的一部分。那玻璃，就像我的觀景窗，讓我目擊著流動的世界，也讓流動的世界目擊著我；那玻璃，有時候又變成一面鏡子，使我凝視自己的容貌；那玻璃，有時候又像是螢幕，上演起我內心的小劇場：我看見自己獨坐辦公室、我看見情人離去的背影、我看見餐桌上與父母未了的談話、我看見國小的自己在教室外快樂地奔跑……。

而與路人偶然地四目相交，則瞬間將我拉回當下，我又回到目擊者與被觀看的風景中。我時而向外，時而向內，發現自己也像一座咖啡館，任生命裡來來去去的人，都只是過客，都只是風景。我曾爲此感到哀傷，也曾因此感到淸醒。不知不覺，咖啡館的窗邊，成爲我青春時期，流動的居心地。

因此，走進咖啡館，我總是先搜尋靠窗的座位。而擁有大片玻璃窗的轉角咖啡館，是最理想的咖啡館，例如台北公館的「雪可屋」。

「雪可屋」是極少數能夠讓我完全放鬆下來的空間，老老舊舊的圓桌木椅，昏黃的燈光，每個座位那麼靠近，卻又那麼獨立，一坐就安定。沒有人喧譁，沒有一個鄰座的交談內容讓人感到刺耳。品味一流的爵士樂中，路上郎景從無隔線的環面玻璃持續地晒進來，像一個長鏡頭。

這面玻璃，與略高於路面的高度及其視野，正是雪可屋眞正的魅力所在。它爲裡面與外面的人創造親密又分隔的距離，它將溫州街的風景引渡進來，同時自成風景，向外展示。透過這片玻璃，雪可屋就像一座劇場。

所以這裡當然是屬於演員的空間，是屬於習慣觀看與被觀看者的空間。能在雪可屋眞正享受窗邊座位的人，我想都是享受自我，同時也樂於與人交融的人；在自己的世界裡安然，又同時與他者保持連結。

離開校園後，若有機會回台北，我一定特地到雪可屋坐一坐。後來，當我在社群平台上看到雪可屋預備搬遷的訊息時，我也正向自己人生的上一個階段告別，邁向新的未知風景。

咖啡館的靠窗座位，回應了我們在某些生命狀態中發出的訊息，因此成爲了我們的一部分，化做一筆不被遺忘的記憶。當我正回想自己是個怎麼樣的人時，這些地方自動出現在腦海裡，我感受到自己與這些微不足道的地方，有說不上來的特殊連結。那是屬於我的，也是屬於都會人的重要地景之一，組成了那份內在航行的地圖。

窗景所見的形貌就是我們的形貌，我們的神智賦予了場所靈魂，不知是蝶夢我，亦或我夢蝶。

永遠的冰果室

記憶中，童年夏夜的晚餐是令人期待的，因爲後頭還有節目。這節目就是爸媽駕車帶著我，自北向南，到西屯市場附近的一間無名冰果室吃自選配料的五種冰。老爸一盤，我一盤，媽則在我們兩盤之間來回。

後來聽爸媽說他們戀愛時，曾先後賃居於鄰近的華興街，經常到熱鬧的西屯路上覓食、約會，西屯市場一帶算是他們的地盤了。而這間無名冰果室在我出生的那年開業，是有我這個新成員加入之後才開啟的甜蜜儀式。

這間冰果室毫不起眼，普通的街屋一樓店面，騎樓處以ㄇ字型放置展示水果和配料的冰箱與陳列櫃，內側則放置兩台老式綠色鐵架手搖刨冰機和兩座果汁機。來客在此點餐選料，再入店面座位。店底中間放了一台電視播放八點檔鄉土劇，老闆娘忙完了也自己坐下來看劇，頗有自家廳堂的氛圍。

一家人驅車而來，來此自選配料，吃冰配電視便是我最早的冰果室記憶。直到我自己結婚育兒，竟也搬到鄰近的植物園周邊社區，經過它時喚醒了童年記憶，於是念記著要帶妻小與爸媽到冰果室三代同堂，閒話冰的家庭記憶。

一間得以讓顧客延續世代記憶的尋常飲食店，說起來應是普通小事，卻在更異快速、街區地景汰換頻繁的都會裡顯得老派而值得珍惜。習慣不去期待百年老店，收起太多感嘆，明白天下沒有不散的宴席。

這種心情正像一盤五種冰，愈吃愈融，愈見盤底交錯水潤的冰涼配料，眾料相混，滋味愈吃愈豐、愈雜。而也正是此刻，面臨下一刻盤底一空，嘴裡殘存一點甜韻，人已準備離開，必須回到生活的餘事裡去。方才雪白的冰山一下子就不在，口腔和頭顱因爲低溫的刺激而脹脹的感覺也退去。所過者化，所存者神，留下甜蜜的心印，微笑著追憶。遙遠的青春年華，像極了吃冰的滋味。

吃冰選擇題

面對品項眾多的刨冰配料，有多少人會像我一樣面臨選擇障礙？大概什麼都不排斥的人要比有明確喜好的人來得難做決定。

站在玻璃展示櫃前，我來不了那套「小孩子才做選擇，大人全都要」的闊氣。心裡執意著自選配料就是要讓人擇其所好，吃得開心。小朋友的我多半會從粉圓、粉粿、湯圓、芋圓、脆圓、粉條、仙草、愛玉這類QQ軟軟的東西選起，也會考慮綠豆或椰果，偶爾基於好玩，也會選個軟糖或蜜餞，或試試不同水果風味的調味糖水。

有些我父親會點的配料被年幼的我認爲是老人才吃，幾乎不碰，例如大豆、花豆、紅豆、花生、芋頭、地瓜、薏仁……（長大後愛吃的反而是這些，果眞大人味）。前面若有其他客人，難免會湊過去聽看看別人都點些什麼組合，心想著這次要來突破自我，來選些平常不選的料。眼睛一邊在配料間來來回回，一邊想像著各種配搭的滋味，心裡忙得很。前面的那盤已經端到大冰塊下方去承接雪花了，眼看就要輪到我選料了，卻還沒拿定主意，眞焦急。阿姨拿著盤子等我，我「呃」了半晌，腦袋空白，結果還是點了跟往常幾乎一樣的配料，走到位子坐下，心有不甘。

選擇障礙，是因爲心中想像著一盤更理想的組合，味覺與口感的配搭與層次，能達到最佳的享用體驗，那是一盤比現在這盤更好吃的冰。選擇太多，眞是奢侈的煩惱。不願放棄另一種可能性，不想錯過更不一樣的人生。但冰可以再吃，人生可不能重來。

但或許轉念一想，人生隨時可以重來。投資家與作家李笑來說「七年就是一輩子」，持續學習，持續更新自己的大腦與技能，便可能爲自己創造全新的人生境遇。有限的配料，無限的風味。未來的熟成之路，莫非其實也奢侈得充滿選擇障礙？

長大後，那些兒時不吃的冰料都吃了，而市面上冰品的種類則太多了。但陷入選擇障礙的次數似乎少了些，看見菜單上配料固定的四果冰、八寶冰、圓仔冰、紅豆牛奶冰、芋頭牛奶冰、芒果冰，或古早單純的鳳梨冰、粉粿冰、愛玉冰、麵茶冰，欣然滿意，覺得什麼冰都好吃。吃冰依舊是絕佳的消遣，正事皆畢後，以小小的愉悅，穿插點綴著不同的生活實境。

陪妻回鹿港老家，諸事皆畢，到第一市場吃一碗「肉圓林」的肉圓、一碗「楊州」的芋丸，再一碗「龍山蚵蚓」的麵線糊，最後是廣場前「發記」的一碗鳳梨粉粿冰，便能滿足啟程。周日將孩子送交爺爺奶奶，伏案寫作半日，起身出門透氣，到光復路「四季春甜食店」吃一盤由薏仁、百合、膨大海、綠豆和洋菜凍爲料的四神冰，清爽宜人。

再早幾年，人在高雄投身新創事業，不進辦公室的休日，企劃案或講座簡報暫畢，騎我終日相伴奔波的白色偉士牌，到鹽埕第一市場入口處「李家圓仔湯」吃一碗有蜜芋頭、紅豆和花生湯的圓仔冰。此般諸事皆畢，騎車入舊城，市場前、老樹下，捧著青花瓷碗吃傳統甜蜜冰品，最得快意。

或更早的學生時代，《人間》雜誌攝影記者鍾大哥經營的「大紅」餐館還在，經常聚集汪立峽先生、王曉波老師等曾參與早期《夏潮》雜誌、保釣運動、黨外運動的老前輩們。我們三不五時過去蹭飯，聽他們談過去的風風火火，與批判的聲響共振。有一次店內舉辦的講座結束，我和哲學系陳鼓應老師和創辦《科學月刊》的林孝信老師談話。要散場了話題感覺還沒聊完，老師提議「續攤」，領著我和另一位歷史系的同學到「臺一牛奶大王」，一人一碗紅豆牛奶冰，談五四精神與自由主義。

兩位老人家如今一位已離世，一位則到中國繼續講授哲學。他們的行動與姿態爲我當年的青春之歌示範了知識分子的模樣，以及一段吃冰的記憶。如果柏拉圖也吃冰，也許我們可以去吃盛滿夏季水果的水果冰；薩依德如果也吃冰，我想招待他豐盛的八寶牛奶冰；漢娜．鄂蘭（Hannah Arendt）如果不想吃冰，或許推薦她一碗熱的花生湯。

冰果室的不朽魅力

台灣一年四季都有冰吃，吃冰是普遍而親民的日常消遣。有的冰室不論冷暖，終年皆販售冰品，有的店家則會「換季」，夏天賣冰，冬季則僅賣燒的圓仔湯、米糕糜，或改賣潤餅、肉圓、黑輪、炸物。也有店家天氣變冷後便直接拉下鐵門休息，不做生意，莫非一年真的只需營業六、七個月營收便足以持家？果真是「第一賣冰，第二做醫生」。賣冰，我想指的不只是販售冰品，還包含上游供應冰塊的製冰廠。

戰後到經濟起飛，半城半鄉的舊年代，台灣街頭最重要的「第三空間」，就是冰果室了吧。情侶約會、相親說媒總要在外面找個地方碰面，而這個「外面」就屬冰果室合適，清涼多彩、甜蜜時髦，氣氛相對輕鬆。沒有冷氣的年代，清涼的碎冰消除緊張與腋下的汗，甜甜的滋味入口，大腦分泌多巴胺，爲兩人各自增加一點安全感。往後，西餐廳、咖啡館出現，雖然氣氛不同，但也接續著這樣的功能。這是「第三空間」最美好的功能之一：營造空間、製造機會，讓人與人相遇，對話交流，生產故事。

台灣冰果室裡，加了牛乳的冰淇淋或牛奶冰，覆上紅豆、花生、圓仔、芋頭、粉圓等傳統配料，又或奶油果醬吐司、炸麵團、炸雞、西點，搭配古早味紅茶、杏仁茶，還有米糕糜、肉圓、蘿蔔糕……，這些冰店裡的桌上風情，展示了自中美合作時期輸入的美式飲食潮流，結合原有的閩南甜料、日式印象與其他在地素材的文化融合，在冷熱鹹甜之間，提供味覺經驗和文化風味上的異質多樣，成就了十足的台式魅力。

我特別喜歡那些兼賣一點熟食、炸物、點心的冰室。例如高雄的「爵士冰城」，賣枝仔冰、牛奶冰、果汁，也兼賣酥炸椒鹽雞和酥炸魷魚，撒上獨特中藥配方的胡椒粉。我每次去，一定冷熱鹹甜一組來，點桑椹或紅豆牛奶冰，再加一份鹽酥雞或炸魷魚。名叫爵士冰城，但店內不放爵士樂，然我心裡早已跳著爵士舞。有快樂指數這麼高的配搭，當然捧場，一個人吃完。台中的「龍川冰果室」則兼賣烤吐司：兩片薄吐司烤酥，夾入自製鳳梨果醬和奶油，是台中人熟悉的甜品大副。

還有每次旅遊花蓮，總愛在宵夜時分，到「廟口紅茶」點一杯紅茶豆漿或杏仁紅茶，配兩塊小西點。食慾來了，也能再加點蛋餅、蘿蔔糕，鹹甜參半，甜在心頭的海派，當然一個人吃完。若更遠遊至台東，則去「正東山冰室」，點一盤冰淇淋紅豆牛奶冰，和一份取名「美國油條」的營養三明治，感受一份老年代小鎮時髦的不朽魅力。

凡此夏日旅途中的冰，是理所當然的逗點。公路旅行，據聞小鎮裡有老冰店，必要繞進去一訪；經過台電廠、中油煉油廠，也要繞進去員工福利社買一支枝仔冰；還有西部城市裡的木瓜牛乳大王、西瓜大王、芋頭大王，那些名字叫大王的感覺就很厲害；而走晃老城彰化或台南，哪有不坐冰果室的，開山路巷子裡的開山順天冰棒，也不妨走進去買一支。甚至旅遊曼谷中國城，吃罷街頭小吃後散步石龍軍路，末了，偶經「新嘉波餐室」，自然會坐下來，吃一杯香蘭葉色的「珍多冰（Lod Chong）」。

只要天氣不冷，我心中經常想起一碗冰。而且這碗冰愈來愈單純：配料當天現煮製作，沒有被關在冰庫裡失眞，並且注重糖水：淋上那匙糖水，就像吹入木偶內的氣息，是一碗冰清雅有神或甜膩吃不消的關鍵。

從昔日的新潮時尚，到今日的老派懷舊，跨時代的冰果室裡，始終不變的，是我們透過冰涼與甜蜜，得以放風自己未泯的童心。

路邊攤的意趣

一

人應該是生來就愛看風景的。小孩子生下來，自然是原原本本地對外在的一切充滿著好奇，才不知怎般地在成長環境與過程中，有些人去長成了對周遭生發著什麼不大感興趣的人，而只專注在他眼下的從事或交際。

你到巴黎街頭一看，街邊咖啡館的戶外座位們，椅子全朝著外邊擺著。兩個朋友若入坐喝咖啡談話，不會是對坐，而是並著肩，一齊朝著街道，邊看風景邊聊天，沒有人會因爲你眼睛亂飄責怪你不專心聽他說話。抓一個巴黎人來問何以如此？蓋「太好奇、太好看」也。若有人竟問「到底有什麼好看的？」他壓根也懶得跟人解釋。

人喜歡觀察變化的事物。一牆一椅，或一個杯子一顆蘋果，若非它竟引發了你的什麼回憶或思緒，否則盯著靜物不消三分鐘，一般人便感到無聊。然而面對廓大的海洋，有浪於岸規律拍打，海面波光閃現，即便是平時鮮有孤獨對靜之習慣的人，也會不自覺地凝望片刻，或有所察，彷若風景裡有訊息運作。

公園裡的池塘，或有游魚、小群鴨或鴛鴦一對往來游移，漂來漂去，一會兒脫隊，一會兒又群聚，彷彿這些鴨鵝魚鳥和你的那群高中同學一樣，也有自己的癖性和友誼，則你看上一整個下午，也不覺得無聊。

山林生態有細微的變化，城市塵囂則有流動的地景。密林裡的山雨聲勢，要比都市叢中的車水馬龍要靜。城市饒富興味，街道總是不斷吸引人的目光，只因構成它的秩序就是變動、變動、變動，與變動。

這是爲什麼我坐早餐店、坐麵攤、坐咖啡館、坐熱炒店、坐這個坐那個，盡偏愛室外的座位，蓋外頭變動的物事比室內多。室內多靜物，室外多事件。台語說的「出代誌」，一般「攏佇外口」（都在外頭）。老闆娘親切地說：「裡面坐！」而我的眼光總是先往外面的座位看。夏日熱烘烘的都會街頭，店家招攬生意的一聲「裡面有冷氣唷」總不敵我內心的「可是外面有風情啊」。室外座始終是我在都市覓食時的首選。

一座城市百樣情，都市日常的戶外泛看之樂，應該比我經驗中的更豐。一個人能愛宜人的室外座，也能愛公園的長椅，愛沒有鐵窗造籠的陽台。因變動有一種魔力，引起人的思緒，引起人想去那變動裡發現些什麼的意欲。

二

台灣街巷間常見有老人端著一把椅子，獨自就坐在路邊、公園、路樹下，或敞開著大門的自家前庭中，就是看，並不顯無聊貌。這種無所事事之看，總令我好生羨慕。

台灣城市生活的特色之一，是住商混合。在兩層、四層或五層的公寓，造出了上宅下店的局面。麵攤、飯擔、市場、早餐店、快炒店、茶館、咖啡館、超商，就是大夥的樓下鄰居。攤販則是街道的共生者，一個攤車往街邊、騎樓下一擺，生意也就做起來了，晨間賣早餐，入夜之後，則形塑出不少人所鍾愛的夜市。

也正因爲如此，都市的外食客有很大的機會可以坐在戶外吃吃喝喝。這些街販與客人日日上演的行動劇，禮貌的交易，短暫的寒暄，紓緩著都會人的心。點兩個生煎包，手提一袋便當，坐在騎樓下吃一碗魷魚羹麵或米粉湯，或坐在路邊喝一杯紅茶冰、吃一碗豆花，無論是參與或觀察，街販的存在都爲都市的街頭製造了安全感，一切正如實進行，今天的豆花一樣好吃。

Street food怎麼看都是台灣都市飲食生活的基底。出得門來就有商販，街頭巷尾騎樓下，盡是圍聚吃食的世俗相，我嚮往都市生活，主要就是嚮往那樣活活潑潑的日常感。有多少外國人選擇定居台灣，正是爲了這些左右能遇、稍尋卽獲的簡單輕鬆然不馬虎之優秀小吃。

三

在住商混合、騎樓擺桌吃食的活潑城市日常裡，是什麼令我如此熱衷坐戶外？便是在泛覽雜觀，洞明世態而不必盡知的灑脫。

在老左營工作期間，早上我總先繞進果貿社區裡，穿過五十多年的環狀老國宅，坐進寬來順早點廣場式的攤桌鐵椅間，吃上一顆包子、一份蔥蛋淋蒜油辣椒，一份甜油條或白糖酥，配上一杯甜豆漿，看麻雀成群地在桌上、地上、椅上搶食，上下起舞。吃罷起身，在南方的晴日下帶上墨鏡，像大俠走出酒樓，泛看早市柴米油鹽的常民熙攘，一心藏拙的逍遙。

夜裡下了班，也愛和老闆或股東到文康中心內中正堂旁邊的榕園，吃幾盤熱菜，配一鍋辣椒雞，對一瓶蘇格登或金門陳高。一旁是左營出了名的酸菜白肉鍋專賣店，人與鍋都關在室內日光燈下鼎沸，我們幾個忘年男子則是坐大榕樹下把酒夾菜，收斂白日的豪氣，傾吐未完的事業，人前人後皆是真江湖。

若在嘉義，散步小巧可愛的街廓，遇上延平路的阿娥豆花，坐下吃一碗，心中尤然生發不知人生到底在急什麼的舒朗。太陽下山後，再到中山路、成仁街附近騎樓下招牌斑剝的切仔麵老店，吃碗乾麵配幾碟小菜，覺得日子眞閒散快樂。晚上八、九點了才下班下課，如果在台中，回家前到中區成功路騎樓下的阿斗伯冷凍芋吃一碗。如果在高雄，找一兩個朋友到錦田路鐵牛酒號叫些關東煮、燒烤什麼的，街角紅燈籠下喝它幾杯，心想世道雖催人疲老，起碼過生活這件事，還願做個行家。

譬如這般零零總總的灑脫豪爽，非得在戶外、在路邊攤不可。

四

坐戶外、吃路邊攤要能吃得灑脫，也得有些條件，得講究它的情境。第一，環境得有起碼的整潔。不能髒亂，不能滿地瓜子殼、衛生紙屑，不能有垃圾味、溝水味，不能地面上不知怎麼地濕漉漉的。

第二，不能是得排隊、得久候多時的店。有些攤子生意太好，客人得罰站在路邊窮等上半小時一小時，太嚴肅。好不容易入坐，然取代你原本罰站位子的另一班人又等著取代你現坐著的位子，太緊張。為一頓簡吃勞此心神，不免太顯狼狽。正如同有太多店，你聽聞它頗受佳評，也心懷一吃之念，偏偏就是久未真動身赴吃，乃它不是要訂位就是要排隊，不能灑脫隨興而為也。

第三，既然想把自己曬在外頭縱情吃喝，得有天公作美。有一回和兩個朋友正逢台北西區碰面，一起到慈聖宮廣場吃肉粥、炸物和蚵仔煎。微陰的天突然就下起雨來了，食客紛紛走避離席，場子眼見就這麼散了。我們三人乾脆不忙，一手撐起了傘，一手把肉粥喝完。

五

一間餐館的用餐體驗情境，由它的室內裝潢、燈光、擺設、服務人員等的表現所形塑，而路邊攤則由一街一角的騎樓底、街廓相所決定。取消了它們各自以街面的表情為獨特的背景，也就取消了它連帶的意趣。

現代街道與都市規劃追求整齊乾淨一致，不免愈發傾向以規劃特定之室內區域，集中管理原散生街邊棚下的攤販和座位，街食文化將隨著現代城市的發展，持續地面臨變動。順之而興的，是大賣場、百貨公司裡的美食街。十年、二十年之後，要在街巷間輕易遇上一隅能享受閒散率性的灑脫室外風情，恐怕將成為一種老派？

眼見台中擴張之劇，四處掠地興宅，大店大店地開，早已然愈來愈不是小吃的城市。台北與台南一直是吃景之豐的首善，台北就怕老區老街面臨都市更新後，良景不在，台南則漸漸給人觀光客太多的促狹感。高雄尚存它的豪爽底氣，嘉義也是充滿如是意趣、渾然安居的理想可愛之城。

六

珍・雅各（Jane Jacobs）在她的《偉大城市的誕生與衰亡》裡說：「優質城市人行道的芭蕾從來不會在兩地重複演出，不管在哪裡，都會一直展現全新的即興創作。」

都市裡生活，我們既是日常街頭劇的演員，也是街頭日常劇的觀眾。最好你也愛閒坐室外，了悟古今來形形色色無非是戲，天地間奇奇怪怪何必認眞。

老公寓，常民食

山城聚落

讀梁實秋的〈雅舍〉，令我懷想起一段自己寓居過的雅舍時光。說雅舍顯得文雅，其實就是雅房。台北公館有一座小丘陵，叫蟾蜍山，藏了空軍作戰指揮部，也是美援時期「聯合作戰指揮中心」的所在地。山腳下有屋舍群聚，原是空軍眷村「煥民新村」。而當時未分配到屋舍的軍眷，則於周圍自力興建家屋，依著這座小山，叢生出特殊的聚落風貌。侯孝賢的電影作品《尼羅河女兒》拍出了八〇年代台北都會遽變下的生活，楊林、高捷、蔡燦得一家所居住、能遠眺都市的家，場景便取自這座不高不低的蟾蜍山聚落。大學的最後兩年，我就賃居在此。

和梁實秋的雅舍一般，我租的雅舍位居半山腰，下距馬路約有數十階。每日踩著單車騎經管院，離開校園圍牆，越過基隆路圓環進入羅斯福路四段一一九巷，把車隨意停妥，拾上階梯，走過坡段，一如九份的場景般，黃光下推開木門。屋內地板依山勢而鋪，咖啡色的老式花地磚，方正的小客廳之外，硬是用薄木片隔出三間房間。馬賽克小方磁磚拼貼的一爿小廚房，三步便走完，直達窄小的浴室和一角總是堵塞的蹲式拉沖馬桶。二樓應是先住民自行搭建拼裝而成，「篦牆不固，門窗不嚴，客來無不驚歎」。

當時的室友都是台大的學生。一樓的主臥室住了一對哲學系的女戀人：一位帥氣瀟灑，風流倜儻，另一位則是有著大眼睛、長髮及腰的阿美族女生。踩上吱吱作響的窄小咖啡色木樓梯，二樓則住了一位養橘貓、彈吉他、幾乎不睡覺的國企系學長。另一位如黑熊般魁梧的馬來西亞僑生擠在半坪如倉庫的小空間。我和當時的女友住的那間則是往坡路方向延伸加蓋出去的空中樓閣，大概因爲是非專業自力造屋，地板嚴重傾斜。我們在那上面鋪上床墊就睡，每天都腰酸背痛。即便如此，我們年輕氣盛，懷抱理想，外在的世界雖歪斜，我們胸中有浪漫正氣。

這年，我鍾情理論、作詩寫文，與夥伴共同在校園內創辦報紙，又時逢野草莓學運，一夥青年經常聚集在這棟破爛小屋的一樓客廳吃喝論事。馬桶又堵塞了，國企系學長講不聽，又把貓砂倒進馬桶。我推門出去，走過寧靜的山城夜，去往社區廣場左側的公共廁所。

我後來才知道，這個聚落收留過無數北飄謀生或求學的移民、藝術家和學生。藝人張菲、費玉清、伍佰，畫家鄭在東、林鉅、楊年耀，作家張萬康、須文蔚皆曾居住於此。

都市異鄉人

異地求學的日子被我恁地拉長。考上研究所後，我搬遷至台大側門附近，一棟藏在辛亥路斜巷小衖間的老公寓一樓。接下來的兩年裡我規律運動，幾乎每天早晨或傍晚，皆騎行至公館水岸，沿著新店溪慢跑十至十五公里。穩定的呼吸間，視線禁不住一再往水的一方看向新店溪面的流向、岸邊荒疏的綠意，和對岸的永和。另一側則依水源快速道路的高低，切換著看不見的台北。我獨靜無波瀾的慢跑時光，就這麼每日在晴雨間默默進行，經寶藏巖往南，至景美溪折返，再往古亭的方向，經中正河濱公園，跑向馬場町。

馬場町就是今日萬華區南面濱新店溪的區域，是日治時期的行政區名，町內曾設有台灣最早的高爾夫球場，以及日本陸軍的練兵場與操練馬術的馬場。這個我曾日日拉筋放鬆，準備折返回跑的馬場町，因地處新店溪匯入淡水河沖積出來的曲河處，地勢平坦遼闊，因此除了練兵跑馬，當時也做飛機起降之用，相對於北邊的松山機場，便名「南機場」。

若跨過堤防上的水源快速道路，向北穿過青年公園來到中華路二段，則有一九六四年興建的整建住宅「南機場公寓」。不過，如今提起「南機場」之名，它令一般市民或遊人心生嚮往的原因，多半是它做爲日夜兼有誘人美食的南機場夜市。

除了民國三十八年隨國民政府來台的一波移民，在往後都市化過程中，又有大批爲了打拚謀職而從鄉鎮湧入城市的移民，在空間與經濟條件有限的情況之下，以木板、鐵皮等簡陋建材克難造屋，形成違建叢生之聚落，這是早期台灣都市生活的寫照，一如我所暫居過的蟾蜍山聚落，一如我的故鄉台中曾出現搭建於綠川和柳川上成排的吊腳樓。

而所謂的「整建住宅」，是指台北市政府於民國五十一年起，爲了拆遷並安置這些「違建戶」，而陸續興建的集合住宅，爲了盡可能塞入最多戶數的中低收入移民，每戶僅有三至八坪。不過，南機場公寓的五層建築爲當時代最高，又以西式的建築工法興建，「飛天旋轉梯」造型獨特，室內還率先裝設最新的沖水馬桶，可說是當時代最現代化的模範社區，據說歸國華僑們，無不前來觀摩朝聖。六〇年代是台北正式邁向公寓的時代。

凡此種種，在五十年後的今日，是斷難想像，也不復見的，只能給如我這般初見南機場公寓的人說說故事。今之所見的南機場公寓，早已從現代主義，走向頂樓加蓋，露台外推的都市違建風格派。狹小的住所不敷使用，各戶住民便用鐵皮、浪板和鐵窗往屋上、往窗外自行加蓋出空間，鐵皮之外還附鐵窗，鐵窗之外又見鐵窗。一格銀灰、一格泛黃、一格淺藍、一格磚紅，凹凸方長，紛亂幾何，彷彿頹廢走板的蒙德里安。

有一回和妻在台北回味過往的飲食記憶。逛完通化夜市，散步至大安區「信維整建住宅」一帶。妻指認當年曾賃居的方位、上班的路徑，以及信維市場騎樓下常吃的麵攤。我抬頭看這座歷史僅次於南機場公寓的信維整宅，老舊斑剝的外牆，整面的鐵窗內透露著黯淡。唯一明亮的日光燈樓梯間，竟也是一條通天旋轉梯：藍色的鐵板階梯，紅色的扶手欄杆。

蟾蜍山聚落、南機場公寓，亦或信維整宅，台北老公寓人事迭代——不同世代的移民、租客、老人、外配，代謝過多少異鄉人擁屋棄屋，又復下一波租屋離屋，叫人不知從何感嘆聚散離合，只能聽聞它日漸頹老，日漸朝向底層生活，任電影取景，任攝影拍照。騎樓下，坐板凳吃小吃的日常風景依舊上演，勃發生機。傍晚，「南機場夜市」的紅色霓虹燈亮起。吃飯時間，異鄉人遇見異鄉人。

老公寓，常民食

走進南機場夜市吃飯，常令人忘了再興睹物感懷之思。

一日，北上至出版社開會，結束後想起好久沒吃到現包現煮的餃子了，便步行前往南機場夜市。

在南機場，你會感覺這個大小規模的夜市才剛好。又它不近捷運站，不至於隨時都得面對外來人潮，不累人。在南機場，你會感覺到更多生活感，朝食與夜宵各有光景與滋味，你感覺這些騎樓下、遮棚內的店家，就是這個住商混合的舊社區舊時光裡長起來的，亦沒有一般夜市會有的服裝飾品店或遊戲間。

我走逛了一圈，先到素菜館「臭老闆」吃了一盤清蒸臭豆腐，又返回夜市入口，吃了一份山內雞肉飯，然後才走向來來水餃，湯水蒸氣白光迷濛間，騎樓下全是人頭。我擠身入滿坐食客的方長桌椅間，尋縫揀位而坐，叫了十顆韭菜水餃。

來來水餃難得之處，現擀現包現煮爲其一，食客得耐心等候。一盤一盤夾著木夾子的白塑膠盤在湯鍋前堆疊成山，等待餃子一一起鍋。客人通常先取小菜三兩碟，剝生蒜頭一兩顆入醬油碟，隨意夾食小菜幾口，便各個瞪眼呈嗷嗷待哺狀。餃子餡用料難得爲其二，以豬肉大白菜水餃最受歡迎，韭菜餡裡還包了蝦米和粉絲。

餃子端來，給了坐我旁邊的一對夫妻。這兩人竟點了五十顆白菜豬肉餃子、三盤小菜和兩碗酸辣湯。我正在心中驚嘆其食量，沒一會工夫，太太竟揚言吃不下了。瞥見我一個小伙子久等多時，面前啥也沒擺，便把剩餘的餃子、小菜和酸辣湯不留餘地地全推給了我：「來，先吃啦。」相談之下，原來是從桃園特地過來的老主顧。我爲了待會還要去吃的芋頭湯著想，藉話題轉移她的注意，卻終究沒能成功推掉她過剩的好意。

夫妻就這麼起身離開了。我勉強喝掉了酸辣湯、吃掉了小菜和第二十個餃子。

稍晚才入場坐下的同桌人，嗷嗷待哺之餘，全偷偷地盯著我和我面前的一夥碗盤。一旁大叔終於忍不住開口：「這馬（tsit-má，現在）少年人較勇。」我一聽，趕緊裝出一派輕鬆的樣子向他解釋這些餃子的來歷，順勢閒聊了幾句，並把剩下的餃子向他推過去，說：

「來，先吃啦。」

採獵於都市江湖

市場，公開買賣交易的場所。什麼商品要「上市」了，意味著要公開對著大家亮相，徵求買家了。這年頭想獲取與擁有什麼，最單純直截的方式，就是上市場買。早年父親經常跟著交響樂團在外巡迴演出，多半不在家。一回我問母親，為什麼父親常常不在家？母親說：「把拔在工作啊。」

小鬼頭聰明絕頂，回曰：「那我們去市場買一個新的把拔。」

如果能選擇，一般人大抵希望此生不必和警局或醫院扯上關係。但一個人要不要和菜市場發生關係，在現代生活中可就見仁見智了。不上菜市場的人，外食族有之，早晚有人顧餐飯的有之，單純嫌麻煩的有之。講究有機，講究健康而在主婦聯盟消費的更有之。

回想自己開始上市場買菜，非諳廚事，最初是爲了煮火鍋。

一群高中死黨在升學掛帥的保守校園中，密謀了幾場火鍋之夜。校門深鎖，四下無人的漆黑夜晚，幾個男生拎著鍋具、食材、蠟燭和吉他，翻過圍牆，潛入操場，在夏夜晚風中暗自炊熟我們的青春物語。

每逢中秋，台灣又流行烤肉，一家烤肉萬家香。香腸、醃肉、秋刀魚、大蛤、美人腿……在親手安置的炭火上生溫、噴香，竟有一種原始的自由野性得到滿足的酣暢感。但願生上一爐火，能像煮上一壺水一樣自然，但願都市人對燒烤的情懷與胸襟，不要太被中秋節與益發精緻的燒肉餐廳所限制。

火鍋也好，烤肉也行，豐美的食材固然能助興，不過這類城市生活中的煮食聚會，意在團聚嬉鬧、喝酒瞎聊，因此食材的採買，只要不掃興，許多人往往也不介意在超市就近處理。

市場觀光客

我懷念當個「只須開心看，不須費心買」的菜市場跟屁蟲時光。孩提時跟著母親，我就是這個城市的小觀光客。看這攤綠葉黃莖，看那攤生魚紅肉，看攤子上擺放的顏色，也看每一個攤主人展露的顏色。隨著步伐，探望氣味和聲響的來頭，探望那些我看起來願吃與看起來不願吃的生食和熟食、乾糧與雜貨，心中既無鍋鏟，亦無料理。

過年回嘉義，我這隻市場跟屁蟲也黏奶奶，實是趁機拗零食。傳統菜市場除了賣菜，也賣生活百貨和廉價衣服。有一回奶奶想給我這小朋友買件新衣，遂把我牽進一間上下掛滿兒童衣服的鋪子裡，四下望望。店鋪的阿姨熱心，低頭看了看我的樣子和身材，順手揀了件黃色的蠟筆小新T恤問：「這件怎麼樣？」奶奶一看，皺起眉頭用台語說了一句「穿彼袂看得啦！（穿那個不能看啦）」，就拉著我離開了。上國中後，我有一度想買看看夜市裡那些印有猛虎、俗又有力的四角內褲，不曉得奶奶若天上有知，做何感想。

身邊若有廚師朋友，跟著採買也很好玩。寫《細味臺中》期間，我與家附近經營家庭式日本料理的慶師傅，相約走了一趟台中魚市場，參與了他清晨三點的日常採買，去見見大部分的人睡著的時候，這個城市都在發生些什麼事。

每日清晨兩點半左右，魚貨成簍成箱地運進七百多坪的交易倉庫，魚體彼此簇擁，不知滄海桑田，不能相濡以沫。台中魚市場是第一個採用電腦公開競價拍賣的魚市場。各類批次的魚貨有競價先後，競價開始，盤商們團團圍著作業員，按壓手中的電子標價器。競價與得標結果，會即時傳送顯示在牆面的大型電子看板上。傳統魚市場裡競相標價的扯嗓呼嚎之景象，今已不復見，競價的張力現在躲進掌心裡，空氣裡鼓震的，只剩各區拍賣作業員的裁判聲。然而對一個旁觀者如我，冷靜的清晨三點，日光燈下依舊感覺緊張興奮，忘了去好奇那些到手的魚貨要如何料理。

不論是蔬菜水果或生鮮魚肉，產量有限度，品質有分異。因此上市場，先來後到，所能挑選的貨色自然有別。若講究新鮮，講究環肥燕瘦，自然要比別人先挑。因此除了盤商外，像慶師傅這樣的餐廳廚師和餐飲業採購人員也會親自來批發市場挑貨。鱸魚、白帶魚、紅目鰱、蚵仔……遠洋或近海、現流或冷凍、捕撈或養殖。有道是大海是島嶼的冰箱，但歡騰忘情的海鮮文化不能避免過度的捕撈，台灣海域魚源急遽減少，便耳聞海面上台灣漁民與大陸漁船交易漁貨回島嶼，流向下游零售市場的狀況。我跟著慶師傅的雨鞋，走過陌生的魚相，聽聞曖昧的來歷。黑暗的夜晚，只有市場白燈晢晢，這裡的每一張面孔都不需要理論或修辭，所見皆是務實活蹦的人生。

不久之後，天將大亮。想各個批貨離開的盤商已在各社區民有零售市場就位。批發市場面對完第一波以業者爲主的採購，熟食的攤位也依序加入，準備迎來下一波一般民眾爲主的人潮。天色爲街道打光，車聲將絡繹響起，市場露出活潑朝氣的顏色，下一景，Action！

傳統市場派

略諳廚事，親躬炊煮後，方知市場之樂，樂在挑三揀四，拼湊想像。什麼場子？幾張嘴要吃？來者何人？什麼菜足湊合？口味呢？

不論是爲宴客、爲自家餐桌而做，或爲獨自練習、遊戲而做，料理的想像早在走進廚房之前。如果各國食譜是想像力的油門，菜市場就是想像力的排檔桿。一方面，在地既有的食材與風味，或滿足或限制著廚人專業與經驗內的個人料理系譜，提醒廚人必須做出的調整與抉擇。另一方面，願意多方了解食材、超越自己的料理人，也樂意在市場多看看那些不熟悉的食材，感受對未知的好奇、欲望，感受混合失敗與成功的期待。

隨著全聯、頂好、楓康持續在社區布局，百貨公司裡的高級超市也持續以各種進口好貨滿足不同層級的料理雅興。但即便如此，善庖廚的老傢伙就是知道，哪些好料只有去傳統市場買才是眞工夫。

在超市採買和在老市場買菜完全不同。超市買盒裝封膜的生鮮，看的是有效期。在傳統市場買現場處理的魚肉蔬果看的則是交情。這交情也不難建立，常買就有。秤重計價時，去零頭扣尾數，青菜多一把或各種卽興優待。

在傳統市場中選攤建交之前，得先用眼睛挑——挑菜也挑人：蔬果新鮮多樣，妥善陳列，販者沒有邊抽菸邊打理漁貨，攤前選購者絡繹，如此便能初步判斷是優質攤主，可以上前說明採購需求並拿出新台幣嘗試建交。哪一攤雞肉好、哪一攤蛤蠣鮮、哪個肉販能買到什麼特別的部位、哪一攤的水果特別甜……走跳市場江湖多時之士，能明確交流特定市集資訊，彼此分享建交成果。

並且，在傳統市集買起菜來，得鑽街走巷，辨認方位。若心有所屬，可箭步前往信任的攤位，左轉甜椒、紫茄、山苦瓜，右轉腿肉、蹄膀、白蘆筍，與攤主問答如流，探囊取物，有穿梭迷宮，尋寶過關的歡快，有一股大俠採獵於江湖的野意。

許多人不願逛傳統市場，嫌擠、嫌亂、嫌髒、嫌臭，也嫌難停車。走在街道型傳統市場裡，得隨時隨地禮讓、借位、閃躲於人潮、機車群、腳踏車、長輩代步車、視線以下的菜籃車，以及各種這些車上外掛、橫生、突出的大包小包。還有雨中突刺而來的傘緣、直擊雨棚滴落之水、面臨燠熱的氣溫、烏煙瘴氣、一腳踩進魚販攤前的濕漉與腥臭、緊挨著陌生人的手揀貨，一邊著眼於各攤上的貨色，一邊思量著一周的菜色，實在不太優雅。電視上、雜誌裡跟著名家逛菜市的好看畫面，我隨妻上市場，牽著女兒在身後多次嘗試目擊，卻一次也沒捕捉到。

也許這正如世故的寫作者遲早會意識到，創作生涯中，根本鮮少有眞正閑適的寫作時光。總有各種外來與內在的干擾和理由阻礙安靜思考的可能。而我們也總是在夾縫中把菜給買了，把稿給交了。

為愛採買

一個人的另一半若願做菜，且做得好，是何等幸福之事。三杯雞、滷五花肉、親子丼、泡菜豬肉、薑汁燒肉、乾煸四季豆、菜脯蛋、打拋豬、青醬雞肉天使麵……，僅是日常料理，然吾妻自熬高湯，精選醬油，記下理想的食譜比例，護持著家庭料理的美味，用心的日常三餐也是充滿能量的精神糧食。

我樂於用舌頭禮讚她的廚藝，廚房是她的主場，只有煮製咖哩、煎牛排，或小孩堅持黏著媽媽的時刻才會輪到我離開板凳上場。

因爲減少外食，重視家庭料理，上傳統市場成爲我們周末的固定行程。同妻上市場，我又能當無須費心的跟屁蟲了。

近庖廚者習於採獵於市場江湖，而我個人的採購之樂，大抵還是留在書店裡了。雖然現在網路書店購物方便，且經常祭出各式優惠方案，電子書也逐漸普及，但我更喜歡與紙本書親自相遇，購書前先撫摸、翻閱，完成想像，確認大腦將要吃進去的食材。

逛書店，即是採購精神糧食，且依照不同的人生階段有著口味上的變化。青年時，酷嗜藝文溫室採摘、包裝簡潔的詩集，也痴迷國外進口的西洋哲學、社會學等成排的各式理論，而音樂是鹽，畫冊、筆墨、攝影集就是我的香料罐。出社會工作後，爲求事業精進，到經營管理書區挑好鍋、選利刃，懂得充實利器以善其事。重訓後，補充大量日本研發的職場知識蛋白質。三十歲以後，突然開始注意起熱量、營養素，也被告知該減糖，除了平日慣食的文化論著、知性散文之外，也看投資理財、親子教養，政治上盡量避免加工資訊，多吃原型知識，重拾閱讀的靈性書籍，也嘗出不同的心滋味。

網路百貨商場當道，實體書店也是市集，也算另一種型態的傳統市場吧。老派購物之一種，便是上老市場，爲愛人買菜，也爲自己買書。

興來每獨往，勝事空自知

一

與妻剛結婚時，我經常到她租賃在台中南區旱溪附近，位於一座街屋二樓的簡靜小房度過周末。那裡，鋪著榻榻米，安放著仿明式矮長桌、和室椅、台灣老桌燈、各式書冊、一桿衣物和幾組收納盒。三十歲的都市族生活所需，就凝鍊在那裡。

早上起來，我將塌塌米上的棉被和枕頭摺好，稍微整理了桌面，拿出筆電，扭開桌燈。在這個六疊榻榻米大小的房間裡，開始寫作。光從右側的窗戶晒進來，穿過老式的毛玻璃，越過白色的書架，照亮整個房間。窗外有淺淺的工地敲打聲、機具切割聲和工人偶爾的交談聲，但節奏和頻率不至於惱人；桌上的綠色黃光鐵製老桌燈發出低頻；偶爾有機車騎過的聲音傳來，伴隨著一兩聲狗叫。這是一個在寧靜房間裡的周六早晨。

寧靜並不表示外在環境是完全安靜無聲，也不表示必須孤獨一人才有可能發生。在我敲打鍵盤的時刻，妻子可能就在旁邊或房外安靜地處理自己的事務，我偶爾看看她的側臉，知道她也偶爾看看我的背影。

這樣的寧靜來自於一個自己打理的空間、一段令人踏實的關係、一組舒適的桌椅、一支不需要在意有沒有訊息傳來的手機、一道不會突然被家人開啟來表達關心的門。在這個當下，心中沒有對於接下來的半小時內或一小時內可能會發生的事情的顧慮，沒有欲望突然襲來，沒有被自己拖延的工作來引起心虛，不必播放音樂，皮膚也沒有被蚊子新咬的小包。

這樣藏於城市生活裡的寧靜時光，就是陶淵明的「心遠地自偏」了。

離開小房，與妻道別後，我喜歡到信義街與大勇街口，五樓公寓騎樓下的湯包店，叫一個大湯包，一疊蔥花蛋，蘸一點蒜泥醬油和辣椒醬，拿一個杯子去混合熱豆漿和冰紅茶，坐在白鐵桌前，看看疊得老高的蒸籠後，圍著圍裙的衆阿姨們忙做著：夾湯包的夾湯包、收錢的收錢、煎蛋的煎蛋、包餡的包餡。在桌間辨識出每日報到的老阿伯、中年夫婦和大學生。機車一台一台來到店前停妥，又轉瞬發動離開。對面是福德祠和公有停車場，買外帶的人跨越路口，紅燈又綠燈。

只專注做好一件事，最是老年代的簡靜之美。一個湯包一疊蛋、一套微帶甜味的厚燒餅、一雙油條一碗豆漿、一盤現包現煮的餃子、一鍋好湯、一碗擠了檸檬的愛玉、一盒從榕樹下木推車裡挖起來的芋頭冰……。專注製好的那麼一兩樣食物，就足以把整個時光點亮，重新提醒你，人要滿足就是這麼簡單。這麼簡單，卻那麼難得，好像一組安靜的二行詩，讓人願意與它長久生活。

二

長久生活是說眞的。

若讓我遇上喜歡的攤子，只要它在生活範圍內，我可以連續一整個禮拜，每天都吃。沒有刻意，就是今天吃了覺得不錯，隔天想再去看看。隔天去了確定對味，後天想說再去坐坐——這回來認真瞧瞧周圍也坐這攤子的都是哪些人吧；再隔天，說真的心裡其實並沒有特別念著，但吃飯時間一到，選這選那一時拿不定主意，反正吃什麼不都一樣？結果還是往那攤子去了。

精美之食固然好。例如fine dining，新穎、高明，精鍊奪目，充滿創作性，同時回溯傳統飲食記憶，又不斷開拓出食材與味覺的新邊界，確實非常迷人，值得讚譽，但終究不是一般人的日常。它令人難忘的作品可能取材於生活，但卻無法真正地生活化。fine dining就像料理的實驗室、味覺的哲學家、廚房裡的藝術家，它有它非日常的功能，給人當作品來欣賞、給人用舌頭做研究，也給人約會、宴賓客、過佳節。就像旅行，你付出一筆金錢，換取一個非比尋常的體驗。

而日常，是你能夠、也願意每天吃它、喝它。

但也許你不會真的如此，畢竟日子裡有太多工作要忙，太多人要配合，太多訊息要回、劇要追。有些人得見，有些場子得去，在有限的時間裡，太多事情得先辦妥來。可這一切並不妨礙它在你心裡住著，並不妨礙你願意每天吃它、喝它的心情，雖然實際上你不會眞的如此。

我想起我常去的老麵攤。這老麵攤子位於台中大墩文化中心與柳川之間，就在五廊街口的騎樓下，一碗一碗的拉仔麵盛好，交錯疊妥在冒煙的大湯鍋旁。到了攤前，叫一碗拉仔麵後別急著往裡頭走，麵過了過熱滷汁便可以讓你自己端去。端著麵，先走去一旁加一匙蒜泥。等乾粉腸、隔間肉、滷豆腐和豬血湯都擺上來之後，點幾滴五香醋到麵裡，再淋一圈辣椒醬，然後把麵拌勻了吃。

這番簡單的搞搞弄弄，淋這蘸那，經常是street food的「醬文化」神髓。君不見南區人吃「吉峰蒸餃」吃的是蒜泥不是蒸餃；左營人吃燒餅夾酸菜蛋鮮有不加辣椒醬油；又人們吃第二市場蘿蔔糕加米腸，吃的是油膏甜醬而不論盤裡的兩樣三樣；吃平價火鍋，吃的是他自個兒添上的那碗沙茶蒜泥醬油撒滿蔥花。

桌上有報紙不妨取報泛覽。沒報紙也罷，這城市一隅的老攤桌前，能看見父親帶著青春期的兒子來吃；能看見土豪氣的男人竟碰上認識的人，顯然老大不情願地只能陪笑同桌而吃；中年夫妻沒怎麼對話只安靜來吃；歐吉桑走進來和店家對個眼，一句話也甭說，麵、湯同小菜就自動擱過來，顯然每次來吃的「攏共款」，老樣子。

三

在這樣的一個沒有大格局，不故做架勢，只是「且來塡飽肚子」而無有其餘目的的簡單時空裡，任什麼人來了都是一個樣。不管日子過的是奢是簡，過得是淸閒是庸碌，領子是白的抑或雙手是黑的，我們都有一個共同點——到熟悉的攤子，簡吃一番。吃麵、喝湯，再燙個靑菜。享受一點的，也不過就是再切盤內臟配點薑絲。也許遇上煩事，有點不大高興，然坐對一碗熱湯，心中竟倏然大靜。原來，老練世故的、玩世不恭的，有錢沒錢的，古今都一樣。天下事，不過就是那麼點心事。

能這麼一想，則萬物皆備於我，豬的所有內臟都任我來吃。想吃什麼就吃什麼，想怎麼吃就怎麼吃。我吃它成豪氣，它就是豪氣；我吃它是溫良敦厚，平實安靜，它就是溫良敦厚，平實安靜。吃飯原就是一件個人的私事，與其說這攤子有魅力，倒不如說是我把這攤子的情調給吃成的。

能夠改變一段時光的品質，把吃飯、走路、灑掃洗滌等最尋常不過的事情上升至精神高度，是一個人非常可貴的天賦。

外師造化，中得心源，什麼時候我們能別再談美食，我們來談談日子怎麼過。

舊城的漫遊與思考

舊城的氣質

我們在與一個人互動的初期，很自然地會以他現在的職業工作、平常的穿著打扮、有交集的談話內容，來斷定這個人的基本調性和風格。這個調性也許八九不離十，卻絕不盡然是這個人的全部面貌。

精明理性的製造業大老闆可能以前彈過吉他開過樂器行，鍾情筆墨書畫；愛家疼子的文學編輯，可能曾經是商場上叱吒風雲的戰將，最愛聽重金屬搖滾樂；計程車司機可能曾經年收千萬，如今正在攻讀哲學博士，還拉了一手精湛的小提琴；文質彬彬的老教授，居然曾勤習武術，又精通各種救難繩結，出入山林荒野不會死；帶領企業衝鋒陷陣的女強人，其實是美術出身的藝術家，私下喜歡研究腦神經科學。反差好大？

文氣與武氣相長，靜定與能動同具，文藝與科學兼擅，新潮與老派共存。「異質性」來自於對不同領域的關懷與投入，來自不同人生階段的經歷與遭遇。具備豐富精采的異質性是我心目中理想的樣子，我是這麼期待著人生，也這麼期待著一座城市。

就因爲如此，我總是特別喜愛舊城，特別期待舊城。它見過更多世面、聽過更多故事，包容過更多冷暖得失，容忍過更多大起復大落；它輝煌過、沉潛過，深刻地笑過、哭過，卻又繼續在時間的推移中，不懼迎向更新的將來。這是爲什麼有歷史的地方，總是比全然新穎的地方更具魅力。

從建築到街道規劃，舊城街區的聚落形成，依循過去的脈絡而不斷累積，如今所見的樣貌，往往是衍生自過去。一棟棟的舊建築、街道的命名，地景都蘊含了城市發展的時空密碼。

欣賞舊城之美的胸懷中，歷史不能太少，也不能太多。太少，人們會無視於這座城市的身世和過往的教訓，而忽略了它應有的格調與文化價值；太多，人們會沉緬在已逝的過往故事和空洞的懷舊中死氣沉沉。

我是如此享受城市生活裡的散步泛看之樂，因此更加寶愛舊城。走逛舊城，是充滿樂趣與想像的。不同時期的建築風貌、河川與路樹、老神在在的公園、老市場、老字號的小吃店和飯館、手寫的招牌字體、青草鋪、糕餅鋪、棲身騎樓或街角的甜食攤、老派咖啡館，兼雜新興的設計小店和改良翻新的旅店，舊城怎麼看，都是路上觀察學的最佳實現地。

庶民的生活還是如實地每日展開，有心之士進駐老宅舊舍，以理念與專業麗寫新頁。新舊風景雜陳，雖難免瞥見殘餘與廢棄的角落，但街道巷弄的尺度令人覺得可愛宜人，能頻繁地撞見舊時代的住宅建築和古蹟，歇業多年的老店招牌是散發迷幻魔力的符號，讓那些經歷過昔日繁華的人細數當年，給那些沒來得及參與的人撥撩想像。

我的舊城漫遊

在故鄉台中，我最愛與家人上中區的老派咖啡館吃午餐，享用飯盒與塞風咖啡；獨自或攜伴到第二市場或第五市場幾攤熟悉的熟食小吃覓食，解決早餐；圍坐在昏黃的小巷裡吃炭火沙茶火鍋配台灣啤酒，享受雜揉江湖草莽與日本下町風情的酣暢時光；若散步途經潺潺綠川與柳川，便隨意駐足、泛看，再續前行；若遇見舊書攤，便走進去隨意翻看，讓經典的中外文學、古典的社會學或哲學論著召喚出不可名狀的記憶與嚴肅；散了長長的步得來點下午茶點心，有光復路的熱湯圓或四神冰、巷口的炸紅豆小饅頭；要和觀光客一起排隊買冰淇淋也行，或者到幾間新興的咖啡館品嘗單一產區的精品咖啡；若想起親密的友人而心生分享的欲望，還有老鋪子裡的長崎蛋糕、太陽餅、鳳梨酥、西點三明治可以當作伴手禮；傍晚，則可以到台中公園走走，看看池水、遊船和湖心亭。

太陽下山後，上老戲院看二輪電影，或者乾脆鑽進保齡球館打它個兩局回味青春又何妨，離開電影院或球館，再度回到大街邊時更美，因爲心中正盤算著接下來去哪裡吃宵夜續攤：是逛中華夜市，坐冰果室，還是到柳原教會對面喝紅茶冰配烤吐司，去市場吃炕肉飯，或者到成功路口吃冷凍芋和豆花甜湯？

若是逢周末就更有意思了，最宜到繼光街、青草巷一帶，和移工們同坐印尼風味的小吃攤、自助餐，吃沙嗲、椰漿飯，或到越南風味的小店吃河粉、法國麵包、燉牛肉配啤酒或椰子汁。飯後，散步東協廣場一帶，去看一看聞一聞騎樓下販售的荳蔻、香茅、茴香等香料的氣味，以及多彩的東南亞點心，撞見印尼男人們席地廣場的吉他小聚。

也可以直接鑽進昔日的「一廣」大樓裡，到三樓吃泰國菜，順便看看移工們聚集在通訊行、服飾店、理髮店和美甲店的熱鬧，看看他們在廣場前、綠川畔三五圍聚，或站或坐地談笑，見證原汁原味的東南亞移工在海外生活的假日休閒購物現場。這樣的景象，你到新加坡周末的「芽籠」地區，往芽籠河畔 Guillemard Road Open Space 和一旁的 City Plaza 購物中心一看，也是如此。

中區啊，還有童年與母親共食的排骨飯、雞腿飯；學子共有記憶的麵攤、茶館、自助餐、簡餐飲食店；還有人生的第一套西裝、第一支精工錶，相會與道別的客運站與火車站。

台中舊城，在殘餘和新興的相互對照之下，是老派與新潮的絕佳漫遊之地。

老派又新潮的熟齡魅力

舊，可以舊得頹老傾廢，舊得破敗髒朽，也可以舊得很美，很典雅，舊得很安靜。出身不同，氣質不同。不同的舊城區各有自己的氣質，大稻埕的舊，與新竹的舊不同；嘉義的舊，與台中中區的舊不同；又如左營的舊，與鹽埕的舊不同。而如同人之面對身世過往的羈絆是很大的課題，今日的舊城區在面對更新轉變的未來時，也不免遭逢令人既期待又害怕受傷害的面向。

時尚潮流總是快速更替，美的典範轉移瞬息發生，但我始終覺得社會太過單一地崇尚「年輕」的價值。我就看過太多有了年紀的人，想辦法除去皺紋，穿上不符韻味的青春裝扮，也看過太多老字號的可愛店家，換上新的燈箱招牌新的電腦字體，新的鮮亮顏色的塑膠桌椅，令人啞然失笑。美學不足，又急欲修面翻新，在貧乏的效益思維主導下，一不小心就走味了。

比起老屋換新裝，我總是更期待老屋穿舊裝。本來是竹凳子的就繼續是竹凳子，本來是窄窄小小的店身，就去維持那樣的溫馨親密；本來是皮墊扶手椅的，是高椅背情人雅座的，就用心良苦地去換皮維修，修舊如舊，別去輕率地換上自己無法駕馭的工業風北歐風極簡風。雖然「修舊如舊」在各種條件下比翻新更費心神，但粗糙要比老舊更令人婉惜。

我曾幻想自己一日偶遇一小店，見它的環境和端出來的菜色，樸實親切老派極了，以爲已經開了幾十年，還在心想怎麼自己從沒聽聞這店？一問之下，原來上個月才開張，不禁心中讚歎，佩服佩服。因爲我認爲，最厲害的裝潢，就是時間感。想起日本服裝設計師山本耀司曾說過：「我想開始設計『時間』，比方設計舊衣、舊物、舊家具……，所有可以包含『時間』的舊物件。」

老派空間，充滿時間印記與市民回憶，是都市的「地方資產」，有新興店家所沒有的故事力。因此，舊城是值得經營的場域。舊城老店是在時間與人情味的基礎上，讓人回到街區。

老派是創意城市最無可取代的珍貴資產。精采多元、令人心生興快的異質性裡，我最嚮往老派，珍愛經過時間而變美的舊事。能留住時光歲月的老味道，是為當代與未來再留下一種美學，再留住一份歷久彌新的品味可能。

吃肉喝酒的格調

一

酣暢，原指喝酒喝得很爽，也廣義地表示非常暢快舒服、心情飽滿、抒發盡意。吃飯要吃得酣暢，首先得跟對人、選對食物，在令人放鬆的空間中，享受從容的時光。

一個人享受美食自有一個人的舒坦，但唯有在與同伴共享同樂的快意中，才會出現那飽滿高昂的酣暢時光。正如英文「同伴」一字，原是指「與人共食麵包的人」，以共享食物做為彼此認可的表示。無怪乎人總是想要與家人、好友，或那些你願意與他表示善意的人們圍成一團，大啖美食。

然有些人你和他同桌吃飯，總不大能自在酣暢：個性太害羞的、臉孔太嚴肅的；自尊心太高，少了點幽默感的；不能相互調侃，經不起隨便揶揄的；還有，當你做為員工，而他做為老闆時；當你做為男友，而她是你女友時；或當你是女友，而你們才剛交往不久；又，當你英姿風發，而你知道她暗地喜歡你……族繁不及備載。那些哪怕只是一絲絲的拘謹、顧慮、臆測，都是酣暢時光的大敵。

要能吃得自在，需要好的友誼。

好的友誼，就是你一點也不介意在對方面前，過度表現自己。

因爲開了心，壓根沒想到形象，因爲信任，壓根沒想到禮數，那些想到的，也都以爲無傷大雅，沒有人往心裡去；那些平常偷抽一點菸的，斷不必假裝不抽；談起男男女女異性話題，可以爲了製造「笑果」而開開黃腔，可以爲了逗樂彼此而耍耍嘴皮；喝了酒就講話大聲，表情誇張，可矣；臉紅妝脫，感覺眼睛愈來愈瞇，嘴角愈來愈翹，可矣；比在場的人都先開始不經大腦地主動笑鬧，演劃起來活像個大嬸娘娘腔，皆可矣。一切失態，皆是詩的時態。

好的友誼有兩種，第一種是認識多年，共有無數經驗，無比熟悉對方，無比包容彼此的熟友，呼之則來，揮之則去，無比自由。這樣的友誼寧靜致遠，卻未必是十足的好飯友，須因地制宜，見機調度。

第二種是碰在一起沒有什麼要緊事，只一逕想著吃飯的「飯友」。其中，特偏好吃肉喝酒一類的，自然可以戲稱「酒肉朋友」。此般飯友或酒友，未必就不是知己。起碼，他知曉你的喜好、口味，知曉如何透過選對餐館，就輕易地讓彼此得到快樂。

好的飯友要能既俗常，又優雅，能引詩酒論藝，也不假裝不愛美女；可以不懂酒，但不許不會喝；可以不懂詩，但不能不愛演；說話談吐，文藝而不做作，風流而不下流。喝了酒盡是才情，而沒有一絲矯情，更不會愁容掛淚向你大吐苦水，悲嘆人生；論起生意世事頭頭是道，而不見市儈銅臭，反而更像人生道理；針砭時政不顯忿忿之情，而盡能以幽默作結；釋義科技產業不使宅氣外露，而能指點日常應用，顯得專業時尚；抒發本能欲望能大快人心，令眾人舉杯痛飲，而沒有一點色情或粗鄙。有道是「酒不醉人人自醉」，好的飯友必須高度自覺，必須熱愛投入社交，掌握分寸。走酒至感性處，還懂得適度表達情義，口吻真摯平實一如深交，無有壓力。同此般人才吃喝，最是酣暢淋漓。

二

作家王愷寫過：「好的吃喝簡直是窮書生上了小姐後花園的床，一齣活春宮，欲罷不能。」正如英文裡的「Food porn」，這嘴上的歡愉有其道理，人的嘴唇和舌頭，有著與生殖器內相同的神經感受器——克勞澤終球（Krause end bulb），使這些器官超級敏感，能產生相同的反應。酣暢地吃喝，就是藉由口腔獲得的高潮。

要想酣暢地吃喝，必須有酒肉，有豪放的心意。酣暢地吃情，斷不會錯置於日本精進料理，或蔬食餐廳。

吃肉本是人的原始欲望。祕魯東部的沙拉那華人，如果有兩三天沒吃到肉，女人便會聚集在一起，戴上串珠，臉上塗上顏料，逐一包圍村中的男人，拉扯男人們的衣服和褲帶，高唱「給我肉吃」之歌。如果沒有肉吃，她們便不和男人上床。有句法國諺語說，沒有酒的一餐，如同沒有太陽的一天。而對馬來西亞的塞邁人來說，如果一餐沒有肉，這餐等於啥都沒吃。在新幾內亞，人們花大把的時間養豬，舉行豬肉饗宴。台灣的泰雅族人，凡慶典與重要社交場合，無非就是烤一隻山豬。希臘酒神狂歡的饗宴，中國自周代八珍以來的歷代宴席，都是以肉和酒爲核心。直至今日，大家依舊會用「大口吃肉，大口喝酒」來表示享樂的情境。吃肉喝酒令人高昂、歡騰，覺得快樂滿足，這在矜持的高度文明社會中，依舊是美事一樁。

三

在自己的家中招待朋友，是人生的一大樂事。上了餐桌就是自己人了，誰先喝醉了就自個兒滑到桌子底下去不要緊。而若是在外尋覓館子吃喝，最好找到食物佳美，又能自己帶酒而不收開瓶費的館子。

提供熱飯菜的上海飯館、川菜小館、客家菜館都是好選擇，濃油赤醬、油鹹香美、鑊氣十足、味道飽實，他口味厚重，你就痛飲好酒。或者圍坐炭火銅鍋、熱氣蒸騰間，涮肉夾菜添湯乾杯，搞搞弄弄，酒酣耳熱。

又或者選擇那些將國外習來的精湛學藝灌注在平實鄉村風味的義式餐酒館，用餐氣氛輕鬆，可你一吃就知道他味道正統。炭烤豬上顎、橫隔膜、粉腸，燉頰肉、牛肚，再來一盤花椰炒辣鯷魚或炸櫛瓜花，眞是必須搭配朋友自行帶來的紅酒，不必客氣。

四

每每想與親密的友人圍坐炭火銅鍋酣暢吃喝一番，總是先想到清眞館。

中國各民族中，信仰伊斯蘭教人數最衆的，當屬回回民族，主要是自元代遷入中國的穆斯林與漢族通婚後形成的族群。明代出現了不少回族學者，他們翻譯伊斯蘭經典，也確立了一些新用語，包括「清眞」。於是，宗教名又名清眞教，教堂叫清眞寺，開了食堂叫清眞館，符合教義規範的屬清眞認證。「清眞」意指清淨眞實與克己復禮，這樣自我要求的人端出來的肉，欸，肯定不差。

寫《隨園食單》的袁枚不愛火鍋，說一個熱鍋子在面前呼煙冒氣已經夠令人討厭了，不同食材又適合不同火候，怎麼能都丟進同一個鍋子裡亂煮呢。我倒覺得吃酸菜白肉鍋根本沒這些問題，坐上清眞館的圓桌，用炭燒銅爐煮滾一鍋酸香圓潤的酸白菜湯，湯底除了白菜、白菇、豆腐也沒什麼別的，就是一逕地涮肉、喝湯、扯淡、乾杯。

伊斯蘭教本是不飲酒的，但好些清眞館體貼我們這些一心想樂的異教徒，讓客人自己帶酒，也不收什麼開瓶費。我最想學那些大叔帶白干去痛飲，心在江湖放浪，假裝文雅，比畫雙箸做武俠。

後記

飲食偵探與抒情詩人

我的心中住了一雙夥伴，一位立志當偵探，一位渴望做詩人。他們啟發我去書寫飲食。立志當偵探的那位，倒不真的想「辦案」，他更常在書冊間暗中偵搜，進行知識與思想的調查，拼湊能解釋自己的線索。一旦遇見任何他感興趣的概念、命題或現象，他總是先搜來相關的書進行閱讀，再自這些文字中拼湊、梳理出圖像或理論。他把這些圖像或理論交給我，一旦記憶中有能符應的經驗，他偵搜來的成果便瞬間成了我的真理。

我常感覺，他不是裸著空白的心去未知的文字間探險的，他是帶著假設去閱讀的。他的偵探式閱讀更像是去求證，去找到證據，證明他早已直覺地看見或省察到的事實。

偵探不介意走路。如果可以，他去哪裡都想用走的。唯有在走路的時候，他可以把效率擺一邊。他說走路有助於思考，他說走路是看透一個地方最好的方式。

他帶著偏好，在書房與街頭，書桌與餐桌之間漫遊泛看。遇上有興趣的食物或店家，就到網路上和圖書館去找過去的故事，或去左鄰右舍探聽前人的見聞。

偵探在意動機，重視脈絡。比起美食，偵探更在意享用美食的「情境」。因此，偵探最不樂意外帶餐點，他說外帶的餐點，就像失去脈絡的概念，語焉不詳。偵探總是親臨現場，坐進店家享用食物。去見證物件與物件的組合、顏色與顏色的配搭，去嗅聞氣味、聆聽聲響、聆聽喇叭傳出來的音樂、去偷瞄臨座的面容與面容底下的動作，動用眼耳鼻舌身意去取材。

偵探有自己的偏好，特別鍾情老店，一見滿室的老人家就開心。他似乎對「時間感」特別敏感，一旦嗅聞到老派的氛圍，發現有歲月的蛛絲馬跡，便佯裝成老客人，一逕地去店裡坐，去單純地吃喝，去坐在那裡讀報，去過那裡面的日子。

偵探從來也不表露身分，他輕而易舉地僞裝成年輕人，隱藏著內在的老靈魂，浸淫在那個氛圍裡，觀察著場所的精神。

渴望做詩人的那位，詩寫沒幾首，卻無疑是一個富有詩意的人。他總是和偵探一起行動。偵探關注經驗，詩人則關注「美感經驗」。當偵探五感集中地觀察外界，學習且謹記一切過眼之事，詩人則戮力於對相關往事的回想、掌握與詮釋。他召喚記憶，以及記憶裡的情感，並且執筆在隨身的筆記本內展頁寫下，使之不至於消逝，期許能被精確地馭用。

打動詩人的從來不是食物本身，而是他透過食物所看見的人情記憶。他對書寫記憶的興趣，大於對書寫美食的興趣。於是，他的每一篇筆記，幾乎都是基於一種感情的驅動而著手寫下的。

香港詩人廖偉棠說，詩是刻舟求劍。飲食寫作也是，將值得珍惜的記憶，透過味覺與場景來提示。寫下的是過去，並且寫下的，也就可以讓它成爲過去，遺忘了沒關係，書翻開了味道又飄散出來。

詩人說，希臘神話裡，記憶與時間的女神Mnemosyne，是謬思的母親，是語言與文字的發明者。也就是說，文字乃至於詩，是由記憶所孕育。

他似乎要強調，情感才是作品的本質、生命和靈魂。他要向我示範，飲食成爲抒情的主題，可以拿來服務「美」，服務那無所不在的有感價值。物事是彰顯作者的媒介，而作者是彰顯人情美的媒介。

因此，他與偵探到過的地方、吃過的店家，卽便寥寥無幾，卻沒有一個地方沒有同情，沒有一個地方沒有深摯的懷念。

因爲詩人，我嘗試在飲食的酸甜苦鹹間，做人間象徵性的指認，讓詩意閃現；因爲詩人，我嘗試將個人性情趣味的表現，落在筆墨文字的飲饌趣味上。以個人的性情去關照食事的情境，那個境便是我的內心之境。借物成文，因心造境。我以飲食爲文，也就表現了我的自我認同。我所吃的食物也像是我的語言、我的詞彙。我透過這個語言，表現了我是怎麼樣的人，毫無掩飾。

若以音樂比喻，一連串的和弦組成了一首樂曲的和聲。如果我的作品是一首樂曲，偵探與詩人各自鳴發的詞彙字句，便形成了和聲，主導了樂曲的調性。正是藉由偵探之眼，詩人之心，我找到了飲食寫作的樂趣。

喫心地

看世界的方法 219

文字攝影　劉書甫

裝幀設計　吳佳璘
責任編輯　林煜幃

董事長　林明燕
副董事長　林良珀
藝術總監　黃寶萍

社長　許悔之
總編輯　林煜幃
副總編輯　施彥如
美術主編　吳佳璘
主編　魏于婷
行政助理　陳芃妤

策略顧問　黃惠美．郭旭原
郭思敏．郭孟君
顧問　施昇輝．張佳雯
謝恩仁．林志隆
法律顧問　國際通商法律事務所
邵瓊慧律師

出版　有鹿文化事業有限公司｜台北市大安區信義路三段106號10樓之4
T. 02-2700-8388｜F. 02-2700-8178｜www.uniqueroute.com
M. service@uniqueroute.com

製版印刷　沐春行銷創意有限公司

總經銷　紅螞蟻圖書有限公司｜台北市內湖區舊宗路二段121巷19號
T. 02-2795-3656｜F. 02-2795-4100｜www.e-redant.com

ISBN ——— 978-626-7262-00-9
初版 ——— 2023年1月

定價 ——— 380元

喫心地 / 劉書甫著 —初版．— 臺北市：有鹿文化，2023.1．面；公分 —（看世界的方法；219）
ISBN 978-626-7262-00-9（平裝）　　863.55 111020834